# À L'OMBRE DU CHÂTAIGNIER

Sandrine Miault

# À L'OMBRE DU CHÂTAIGNIER

ISBN numérique : 9791040585886
EAN papier : 9791040585893

Librinova

Courriel : contact@librinova.com
Internet : www.librinova.com

À mon regretté père qui me dispensa
son amour et ses lumières

# Chapitre I

L'hiver s'éternisait et la campagne ensommeillée sentait cette odeur de brûlé propre à la saison froide, fumet dont on ne savait d'où il émanait. Il n'y avait point de neige, pas plus de feu de bois et pourtant, la nature exhalait cet effluve à la forêt comme aux champs. Tout était immobile et silencieux. Même le temps semblait entravé dans sa course pour ne s'étendre qu'à pas feutrés. Tous se languissaient de l'absence de douceur et attendaient les premiers signes du printemps tandis que l'hiver, impitoyable, s'allongeait encore et encore, propageant ses frimas sans vouloir rien céder. L'hibernation semblait interminable et partout se répandait la désolation hiémale de fougères brûlées et d'arbres dénudés. Certes, la nature avait besoin de ce repos annuel, mais ses habitants s'impatientaient car leurs réserves touchaient à leur fin.

François Kermadec emprunta cette route qu'il aimait tant arpenter à la belle saison, lorsque les arbres qui la bordent, déployant leur parure, forment une tonnelle où des éclats de soleil dansent parmi les ombres. En cette froide matinée de février, les platanes tendaient leurs arcs de bois au-dessus de la route en un treillis nu et dépouillé. François comptait les semaines qui restaient à passer avant que les jeunes pousses d'un vert tendre ne viennent parsemer les branches imberbes pour bientôt former un élégant pont de verdure. Il aperçut enfin, envahi de végétation folle, quelques barreaux de ce qui avait été jadis un majestueux portail en fer forgé, mais dont la splendeur passée avait subi les assauts du temps. Des lianes de lierre recouvraient la vieille enceinte qui délimitait le domaine de Beauregard. Madame Joséphine de Lamandé n'était plus et ses héritiers n'avaient pas souhaité prolonger le lien séculaire qui les unissait à ce lieu. Eussent-ils été dans l'obligation de refuser leur héritage par manque de moyens, ç'eût été concevable. Mais il n'en était rien. L'ignorance et la servitude volontaire les poussaient à ne s'attacher qu'au profit pécuniaire. Leurs cœurs désenchantés et apatrides dédaignaient la beauté qui les entourait et se détournaient des affinités qu'ils partagèrent, jadis, avec leurs aïeuls. Les souvenirs, même, ne les émouvaient point et ils n'éprouvaient aucune gratitude envers cette résidence qui leur avait pourtant toujours offert un havre généreux et protecteur. Dépourvus de mémoire affective, ils étaient devenus étrangers à leur propre histoire et, plus encore, à celle de leurs ancêtres, préférant vivre leur existence tels des somnambules déracinés, assujettis à une vie d'exil et d'errance qu'ils ne gouvernaient pas.

François Kermadec abandonna son véhicule et s'approcha du porche. Il sortit un peigne de sa poche qu'il passa rapidement dans ses cheveux pour discipliner quelques mèches rebelles, puis ajusta ses vêtements. Le système de la cloche annonçant les visiteurs étant brisé, il se permit d'entrouvrir le portail qui grinça bruyamment. Une allée bordée de peupliers trembles menait à la grande demeure. Le paysagiste imagina le miroitement de milliers de petites feuilles à naître. À l'instant où François pénétra dans la propriété, le soleil apparût, perçant miraculeusement l'épais fourreau de nuages blancs et jetant ainsi l'aumône fugace de ses bienfaits sur les cœurs et les corps engourdis par le froid. Un écureuil courut devant Kermadec, attiré par les rayons chaleureux, avant de se raviser et de rejoindre son nid douillet dans un tronc de conifère. Il tint cette accalmie pour un heureux présage mais attendrait une heure plus douce et plus propice. Peut-être avait-il senti sous ses petits pieds que la Terre œuvrait déjà en silence et que fermentait en son sein la renaissance prochaine ? Bien avant que les trésors ne se déploient à la surface, le monde du dessous s'éveillait et travaillait, à l'abri des regards, à cette résurrection. François apprécia cette rencontre furtive et s'avança vers la maison bourgeoise où la cheminée laissait filer une fumée rassurante. La grande bâtisse en pierre de taille était composée de deux étages principaux et d'un troisième mansardé sous le toit. L'ocre rose clair des murs contrastait avec la blancheur des chaînes d'angles apparentes et des encadrements de fenêtres, lesquels étaient couronnées de délicats bandeaux en faïence aux motifs de rinceaux végétaux qui formaient des entrelacs dans les mêmes tons. Fidèle aux demeures de maître provinciales, l'architecte l'avait affranchie de l'escalier en pierre lisse surplombé d'un perron et d'une marquise que l'on rencontrait traditionnellement en ville. La porte-fenêtre de l'entrée, s'ouvrant donc de plain-pied, était ornée d'une demi rosace en son sommet et était flanquée d'imposantes vasques de style Médicis. La demeure avait pour seuls fastes apparents les deux colonnes encadrant la fenêtre centrale du premier étage, elles-mêmes posées sur l'avancée qui enchâssait l'entrée de la demeure, ainsi qu'un fronton ouvragé surmontant le milieu du second étage où, de part et d'autre de la toiture, étaient disposées de petites lucarnes ovales. François admira la belle hauteur des fenêtres du rez-de-chaussée, lesquelles, disposées symétriquement, s'ouvraient largement sur le domaine. Leurs volets blancs avaient été fraîchement repeints. Des parterres abandonnés, qu'il imaginait jadis florissants, agrémentaient la base de l'édifice pour mêler à la pierre la douceur végétale. Kermadec se retourna pour contempler le parc. La pelouse qui franchissait par endroits les bordures en pierres était entourée d'arbres de diverses essences qui devaient offrir, aux beaux jours, une promenade ombragée. En son milieu, un noble et vénérable châtaignier se dressait encore fièrement. Semblable à une ondoyante estampe japonaise, ce deux fois centenaire aux bras noueux étendait au ciel ses doigts décharnés, et comme teints de niel, en un audacieux élan mystique. François sentit à l'instant que ce lieu serait idéal pour marquer un renouveau dans son existence et il avait hâte d'œuvrer à lui restituer sa plénitude. Il avait désespérément besoin de changement après la rupture qu'il venait de connaître et qui lui avait laissé un goût amer. Il avait le sentiment étrange, à la quarantaine, de n'avoir pas encore commencé sa vie d'homme. Les chapitres passés lui apparaissaient comme une suite infructueuse de mauvais départs, lesquels ne comptaient finalement pas. Son existence véritable était devant lui, si tant est qu'il parvienne à chasser les doutes qui l'assaillaient et à concrétiser ses espoirs. Une voix s'éleva alors.

— Bonjour, Monsieur.

François se retourna et aperçut, dans l'encadrement de la porte, un homme aux cheveux blancs, de grande stature, qui lui faisait signe. Il s'empressa alors d'aller à sa rencontre.

— Je vois que vous contempliez Victor, dit l'homme avec un sourire.

François parut quelque peu étonné.

— C'est sans nul doute le plus vieil habitant des lieux, victorieux du temps qui a passé. Philippe Gramont, ajouta-t-il en guise de présentation, tout en tendant sa main.

Kermadec lui serra la main en retour et fut pris d'une sympathie immédiate pour cet homme au regard franc, bienveillant et empli d'intelligence.

— François Kermadec. Enchanté de vous rencontrer, répliqua-t-il, avant d'ajouter : et d'avoir fait connaissance avec le vieux Victor...

Monsieur Gramont parut agréablement surpris de cette réponse.

— Entrez vous réchauffer. Puis-je vous offrir un thé ? À moins que vous ne souhaitiez autre chose ? demanda Monsieur Gramont.

— Un thé sera parfait. Je vous remercie, répondit François en soufflant sur ses mains.

Le paysagiste enleva ses bottes avant de pénétrer à l'intérieur.

— Je vous remercie de prendre cette peine mais la maison est en travaux et pleine de poussière. Je vous ai donné rendez-vous ce matin car les ouvriers sont partis chercher du matériel et nous pourrons ainsi parler sans être interrompus par les bruits péremptoires d'une scie ou d'un marteau, expliqua Philippe Gramont en souriant.

François apprécia les bonnes intentions de son hôte tout comme sa manière de s'exprimer. Une porte de séparation dotée de vitraux à décor floral, dissociait l'entrée des autres pièces de la maison, les préservant ainsi des courants d'air. Après l'avoir franchie, emboîtant le pas du vieil homme, il découvrit le grand vestibule qui desservait les pièces de réception ainsi que l'escalier majestueux qui menait à l'étage. La volée de marches blanches était soutenue, en un ouvrage raffiné, par les lignes courbes et les riches volutes de la rampe en fer forgé surmontée de bois précieux. Le nouveau propriétaire avait souhaité que le blanc nacré s'imposa sur les murs afin que la lumière pût y refléter à loisir une lumineuse clarté. Au sol, un carrelage en dalles de travertin à cabochons avait dû être foulé par nombre de résidents au cours des siècles.

— Les travaux semblent déjà bien avancés, vous avez du goût. Ce sera une très belle demeure, dit François.

— Puis-je me permettre ? demanda-t-il en montrant un vieux vestiaire d'entrée faisant office, notamment, de porte-manteau, et qui avait jadis accueilli capes, cannes et hauts-de-forme.

Philippe Gramont acquiesça. François y accrocha alors sa veste et son écharpe.

— Nous avons voulu garder son âme, cependant un grand rafraîchissement s'imposait, répondit le vieil homme le regard perdu.

— Ce sera à vous de faire de même avec le parc et le jardin, ajouta-t-il en se retournant vers Kermadec.

— J'en serais ravi, répliqua François.

— Allons-nous asseoir pour en discuter. Les meubles ne sont pas encore là mais j'ai déniché deux chaises et une table dans la cave. J'espère que vous ne me tiendrez pas rigueur de ce peu de confort. Installez-vous au coin du feu pendant que je vais chercher le thé, proposa Monsieur Gramont en montrant à son hôte le chemin vers le salon.

François entra dans la grande salle de réception dont le parquet en chevrons était recouvert d'une fine couche de poussière et, après avoir apprécié la rosace centrale et les moulures raffinées du haut plafond alternant oves et feuilles d'acanthe, puis considéré les distingués soubassements muraux, pris place devant la cheminée de marbre de Carrare blanc où dansait un grand feu. Les jambages de la cheminée étaient décorés de feuilles d'acanthe et de palmettes renversées tandis que son linteau était orné en son milieu d'un décor de coquille. Aux courbes et contrecourbes à jamais établies de la cheminée moulurée et sculptée répondaient celles, toujours renouvelées, des flammes ardentes qui chaloupaient en un ballet changeant et fantasque. La culture s'inspirait de la nature mais ne pouvait que la figer, cette dernière n'étant faite que d'instants éphémères et de constantes mutations. Dans la nature, l'impermanence répondait à la permanence puisque la continuité de ce changement perpétuel semblait immuable et les saisons se succédaient invariablement les unes aux autres. Les arbres d'hier étaient là aujourd'hui et seraient encore là demain. Les fleurs renaissaient et se disséminaient pour disparaître puis ressurgir à l'improviste. Cette qualité éphémère en magnifiait la beauté que l'on devait apprécier avant qu'elle ne changeât. Tel ou tel paysage était un éternel recommencement, jamais tout à fait le même et pourtant remarquablement semblable. François continua de considérer le décor. La tablette de la cheminée au marbre légèrement veiné de gris était surmontée d'un grand miroir en bois de tilleul richement sculpté et doré à la feuille, festonné de motifs de perles en creux et en saillie et arborant un fronton délicatement orné de feuillages et de fleurs entourant une coquille. Combien de visages avait-il reflété ? Combien d'élégantes s'y étaient mirées ? De quelles émotions avait-il été le muet témoin ? François goûta au silence qui régnait en ce lieu et pensa aux existences paisibles des siècles passés où rien ne venait bousculer la course du temps. Cela avait quelque chose d'apaisant car le présent était alors plus palpable, plus appréciable. Cette quiétude favorisait l'introspection que le bruit et la fureur contemporaines anéantissaient, souvent avec la complaisance et la lâcheté propres à l'homme moderne qui préférait s'étourdir du vacarme impétueux de la vie citadine plutôt que de se retrouver au calme et, conséquemment, confronté à lui-même et à sa conscience, ce qui n'aurait pas manqué de bousculer ses certitudes et de faire naître en lui une angoisse existentielle engendrée par la vanité de sa pitoyable existence.

Monsieur Gramont revint prestement avec le thé, tirant François de sa rêverie. C'était un homme âgé d'environ soixante-quinze ans, les cheveux blancs soigneusement coiffés et le regard expressif. Sa manière de se vêtir montrait un goût certain mais dénué d'ostentation.

— Le chauffage n'est pas encore lancé, alors je réconforte mes vieux os à l'ancienne. Heureusement, les murs font un mètre d'épaisseur, dit-il en posant un plateau sur la vieille table.

Un parfum de jasmin s'échappait de la théière en porcelaine blanche rehaussée de motifs dorés. Philippe Gramont servit deux tasses et tendit à son hôte une coupelle de savoureux biscuits.

— Je vous remercie. Même en plein travaux, vous savez recevoir.

— Trois fois rien, répondit son hôte qui s'était levé pour souffler sur quelques tisons.

— J'ai fait appel à vous car je me suis laissé dire que vous étiez le meilleur architecte paysagiste de la région, dit-il en s'asseyant.

— Le meilleur, je ne sais pas, mais votre domaine a de quoi m'inspirer, confessa François.

— Parfait. C'est un excellent début, ponctua Monsieur Gramont.

— Que souhaiteriez-vous concernant le parc ? s'enquit le paysagiste.

— Eh bien, je souhaiterais conserver le côté naturel tout en le fleurissant. Sublimer ce qui existe, en somme. Comme vous avez pu le constater, le lieu est à l'abandon. Ma femme préfère les jardins à l'anglaise avec des massifs de fleurs semblant être venus là comme par enchantement. La géométrie ne l'agrée pas.

— Les jardins à l'anglaise sont ma spécialité, répondit François. Se promener dans un tel jardin est la promesse d'une sorte de flânerie poétique, poursuivit-t-il. Votre femme doit avoir l'âme d'un poète…

— En effet, et cela transparaît dans toutes ses poésies, confia Philippe Gramont avec tendresse.

— Je vois… Alors, je vais devoir me surpasser ! s'écria François, avant de poursuivre : Dans l'exercice du jardin à l'anglaise, il s'agit de créer un paysage semblable à ce que peut offrir la nature en exaltant la poésie propre à un lieu.

— Une œuvre d'art, en somme, conclut le vieil homme dont le regard s'éclairait.

— Précisément, répondit François.

— Je n'ai pu encore placer les nombreux tableaux aux murs, mais cela ne saurait tarder. La beauté doit être à l'intérieur de cette maison comme à l'extérieur, déclara Monsieur Gramont.

— Vous êtes collectionneur ? s'enquit François.

— Je suis artiste peintre, confia son hôte.

— Je comprends mieux ce goût qui est le vôtre, dit François en appréciant l'élégance du salon.

— À mon sens, voyez-vous, les émotions provoquées par une peinture doivent être proches de celles que l'on ressent lorsque l'on admire les merveilles de la nature. L'appréhension de la beauté doit être immédiate, sans aucun argumentaire au soutien de l'œuvre. La mission de l'artiste est de servir le monde par la beauté, confessa le vieil artiste.

— Je suis tout à fait d'accord avec cela. Certains esprits blasés demanderont : Mais qu'est-ce que la beauté ?

— Sujet tant et tant rebattu ! s'exclama Philippe Gramont. Et pourtant si simple à trancher à mon sens. Je m'accorde avec l'idée de Kant selon laquelle le beau est ce qui plaît universellement et sans concept.

— On aimerait que tous les artistes contemporains soient sur cette ligne... répliqua François.

Les deux hommes échangèrent un sourire de connivence. Le regard de François se posa alors sur les mains de son hôte dont il admira l'alliance en or jaune au motif d'entrelacs ainsi que la bague en or ciselée sertie de trois diamants.

— Sensibilité et intuition sont les maîtres mots. Mêler la spiritualité à la matérialité. Et voilà l'harmonie. Et voilà l'unité ! expliqua l'artiste.

— La beauté de la nature, du monde animal, du monde végétal et du monde minéral est partagé par tous, renchérit le paysagiste.

— La nature est universellement admirable, en effet. La peinture doit l'être également. Je suis intimement convaincu que lorsque notre conscience s'ouvre, nous pouvons accéder à la beauté véritable. Encore faut-il savoir se libérer des codes et conventions qui nous ont été inculqués pour s'adonner librement à la contemplation.

— J'ai hâte de découvrir vos toiles, avoua François sans dissimuler son enthousiasme.

— J'espère qu'elles ne décevront pas un œil tant accoutumé à la beauté de la nature.

Le vieil homme tourna son regard vers l'âtre. Le reflet des flammes dansait dans ses prunelles où le vert et l'ambre flamboyaient.

— J'ai oublié de mentionner le jardin à l'arrière de la maison. Il faudra vous en occuper car c'est une désolation. Il est clos de murs et l'on pourrait en faire un jardin d'agrément, avec, entre autres, des cerisiers à fleurs blanches et à fleurs roses. Mon épouse les affectionne grandement. Le printemps est sa saison préférée.

— Ce sera avec plaisir. Il faudra que je teste les sols, expliqua François.

— J'ai là une liste des fleurs que ma femme apprécie particulièrement. Je l'ai recopié de son carnet à votre attention. Vous noterez qu'il n'y a pas de fleurs à épines ou de plantes toxiques. Nous voulons préserver notre petit chien, précisa Philippe.

— Comment s'appelle-t-il ? s'enquit François.

À cette interrogation, le regard du vieil artiste s'illumina.

– Il s'appelle Ulysse. C'est un Shih Tzu blanc et blond vénitien. Tenez, je vais vous montrer une photo, dit-il en sortant son portefeuille.

François regarda avec intérêt la photographie. Un adorable Shih Tzu affichait deux sourires, l'un avec sa petite bouche largement ouverte et l'autre avec ses grands yeux pétillants. Il se trouvait, heureux, dans les bras d'une femme aux yeux noisette, aux longs cheveux châtains que la lumière flattait de reflets fauves, et dont le doux visage dévoilait un bonheur intense et paisible à la fois.

– Ulysse et Pénélope, ponctua Philippe.

– Quelle jolie famille ! commenta François.

– La plus belle qui soit, admit Philippe le regard attendri.

– Je ferai de mon mieux pour que le jardin soit à la mesure d'Ulysse et de Pénélope.

– Je vous en serais éternellement reconnaissant, répondit Philippe dont le regard se teinta de mélancolie. Prendrez-vous encore un peu de thé ? demanda-t-il soudain après avoir recouvré ses esprits.

François se demanda s'il ne serait pas plus courtois de refuser mais la compagnie de cet homme lui était agréable et adoucissait son sentiment de solitude. Il était également curieux d'en savoir plus.

– Ce n'est pas de refus. Quand avez-vous acheté la demeure ?

– Il y a neuf mois environ. J'ai dû trouver les maîtres d'œuvre, puis... me libérer pour lancer les travaux, dit Philippe Gramont avec sérieux.

— Cela semble bien avancé, pour ne pas dire terminé, répondit François.

— En effet. Je pense qu'il ne faudra que quelques jours pour compléter les finitions. À ce sujet, quand pensez-vous pouvoir commencer à vous occuper du parc et du jardin ? Il y aura également l'entrée de la propriété, devant le portail lequel va également être restauré.

— Assez rapidement, tout dépend de votre ambition quant à ce projet et des plantes que vous et votre femme souhaitez. Nous devrons faire cela en plusieurs étapes, quand nous serons certains que le printemps est enfin là et qu'il n'y aura pas de gelées matinales.

— Ah, si longtemps que cela... répondit Philippe pensif et quelque peu désappointé.

— Nous ne disposons pas de nombreuses plantes à cette période. J'imagine que vous souhaitez un jardin fleuri à toutes les époques de l'année ou presque ?

— En effet, tel est notre souhait. Le blanc et le rose doivent dominer, la délicatesse est essentielle, souligna l'artiste. D'autres teintes peuvent s'inviter par touches, naturellement.

— Nous pourrons, cependant, commencer par nettoyer les bordures, les allées et les murs, arracher les plantes mortes, planter un beau gazon et quelques graines de fleurs après les dernières gelées. Dès l'arrivée du printemps, si vous le souhaitez, nous pourrons effectuer l'éclaircissement en coupant les branches mortes et la taille de mise en forme des arbres de type feuillus, et ce, dès la montée de sève afin de leur offrir une croissance plus rapide et une meilleure résistance aux parasites, et, bien entendu, les traiter si nécessaire. Les petites feuilles auront poussé et nous pourrons ainsi distinguer les branches mortes. Le printemps est idéal pour éviter que le bois laissé à nu lors d'une coupe ne soit exposé à des températures extrêmes. À l'inverse, mieux vaut attendre l'automne pour les arbres fruitiers, les résineux, ainsi que pour les grosses tailles.

— Vous ne couperez donc pas les troncs en deux comme le font trop souvent les élagueurs ? s'enquit Monsieur Gramont. Je souhaite travailler dans la dentelle, juste les branches mortes. Victor est âgé, il a besoin d'une attention particulière.

— Nous prendrons toutes les précautions pour le vieux Victor ainsi que pour les autres arbres, répondit François, heureux d'avoir affaire à un amoureux de la nature. L'idéal serait de procéder à l'élagage dès que nous pourrons voir quelles branches nécessitent d'être coupées pour ne pas trop tailler dans la masse. Pour les arbustes, il suffit parfois d'une petite branche pour changer la perspective d'un jardin.

— Parfait, parfait, répliqua le vieil homme.

— Je vais étudier votre liste, voir où ces arbustes et ces fleurs se sentiront bien, à quelle période la floraison interviendra, quelles teintes se marieront entre elles et à quel moment les planter. Je pourrais également vous faire quelques suggestions. Je vous apporterai des projets à valider. Puis, en temps voulu, j'irai les choisir personnellement, assura le paysagiste.

— Magnifique ! s'écria Philippe. Ce lieu va renaître.

— Pourrais-je faire un tour afin de me faire une idée ? s'enquit François.

— Bien entendu, répondit Philippe Gramont avec enthousiasme. Je vous accompagne, renchérit-il en se redressant promptement. Allons d'abord voir le jardin puis nous ferons un tour du parc, proposa le propriétaire.

Les deux hommes gagnèrent le vestibule, Philippe Gramont précédant François Kermadec. Après avoir chaussé leurs bottes et enfilé leurs vestes et leurs écharpes, ils empruntèrent une porte, laquelle, se trouvant à l'arrière de la maison, menait au jardin privatif. François découvrit avec ravissement un endroit qui avait dû, en son temps, être empli de fraîcheur et de délicatesse. Tel une alcôve végétale, ce jardin offrait un charme intime. Quelques branches éplorées s'accrochaient encore gracieusement aux vieux treillis défraîchis qui montaient de part et d'autre des murs et apportaient une touche romantique à ce lieu discret. Non loin, un tilleul étendait généreusement ses branches, d'abord horizontalement, puis avec de nombreuses ramifications en son sommet. Au printemps, l'arbre de l'amour serait garni de feuilles en forme de cœur et ses grappes de fleurs blanches et mellifères exhaleraient un parfum caressant et rassérénant.

Un instant, François crut apercevoir un petit salon de jardin baroque en fonte, une longue robe blanche vaporeuse virevoltant alentour et un petit chien gambadant joyeusement autour des arbres à papillons sous les rayons caressants du soleil de mai dont le halo gratifiait cette scène d'un certain flou esthétique. Une voix masculine s'éleva et le petit chien courut vers la maison, suivi de la robe blanche. François détourna le regard une seconde puis le posa de nouveau en cette même direction. Il n'y avait plus âme qui vive dans le jardin abandonné.

— Ce jardin d'agrément devait être exquis, très attachant, présuma Philippe.

— En effet... répliqua François encore songeur. Il devait être plaisant de s'y prélasser, renchérit-il en observant les massifs de fleurs brûlés. Nous ferons en sorte qu'il soit de nouveau un écrin de verdure et de fleurs délicates.

— Vous m'en voyez ravi.

— Avez-vous pensé à placer une fontaine en pierre dans le jardin ou dans le parc ? demanda François en tentant de reprendre ses esprits et de se comporter en grand professionnel qu'il était.

— En effet, j'y ai songé mais le temps m'a manqué pour m'en occuper.

— Je vous apporterai un catalogue de divers modèles, proposa François.

— Personnellement, j'apprécie les fontaines cascade, à plusieurs niveaux.

— Quelles pièces donnent sur ce jardin ? s'enquit François.

— La chambre, le dressing et le bureau ainsi qu'une petite fenêtre de la salle de bain, et, dans le prolongement, de l'autre côté de la porte, la cuisine et le cellier, expliqua le propriétaire en indiquant les directions.

S'adossant au mur de la cuisine, se trouvait une serre dotée d'une belle verrière et dont la structure était en métal. François imagina un joli jardin d'hiver orné de citronniers et agrémenté d'un salon de jardin en rotin souple dans le style de la fin du XIXème siècle.

— La serre est-elle intacte ? s'enquit François.

— Curieusement oui. Il faudrait juste donner un coup de peinture. Un bout de gazon aurait été plus agréable que ce ciment coulé sur le sol.

— Nous pouvons remédier à cela très vite, affirma François, intéressé par ce projet.

— C'est idéal pour un petit chien lorsqu'il pleut ou le soir avant d'aller dormir. On n'a qu'à ouvrir la porte de la cuisine... nota Philippe.

— En effet, il suffirait d'arroser de temps en temps le gazon et les plantes.

— À ce sujet, pourriez-vous me conseillez des arbustes et des fleurs ?

— Bien entendu. Des citronniers y trouveraient leur place, entre autres, suggéra François.

— Puis-je prendre quelques photos ? demanda le paysagiste en sortant un petit appareil de sa poche. Cela m'aiderait à dessiner les plans.

— Mais certainement, vous êtes le maestro.

François prit des photographies du jardin sous tous ses angles, ainsi que des clichés de l'arrière de la maison et de la serre.

— Voilà, je pense avoir ce qu'il me faut, dit-il enfin.

— En ce cas, je vais à présent vous faire découvrir le parc, proposa Monsieur Gramont en précédant son hôte.

Les deux hommes traversèrent le vestibule et sortirent à l'avant de la demeure où le paysagiste pris quelques clichés de l'ensemble du parc vu de la maison. Puis, ils empruntèrent l'une des discrètes allées en sable stabilisé bordée d'arbres de diverses essences. Aux beaux jours, le romantisme devait s'inviter à chaque pas en ce lieu, pensa

François qui envisageait déjà d'élargir telle ou telle perspective vers le lointain, même s'il fallait attendre que les arbres soient revêtus de leurs ombrages. Leur promenade dans les allées sinueuses du parc réservait d'agréables rencontres. D'augustes chênes côtoyaient d'honorables châtaigniers. Plus loin, d'élégants frênes élançaient leurs majestueuses silhouettes, offrant un couvert apprécié aux hêtres voisins. De grands marronniers attendaient le printemps pour offrir leurs feuilles dentelées et leur floraison blanche si prisée. De temps en temps, Philippe s'arrêtait auprès d'un arbre, posait sa main sur son tronc et l'enlaçait ainsi un moment afin d'en sentir la vigueur, afin d'éprouver la vie qui coulait en ses veines, tantôt ardente vitalité, tantôt force tranquille. Ces placides géants avaient tous leur personnalité propre. François reconnaissait les essences des arbres, pourtant dénudés en cette saison. Philippe en ressentait l'âme.

— Les arbres s'entraident, dit soudain Philippe, ce que ne font plus guère les humains... Par l'intermédiaire des racines, ils transmettent les substances nutritives aux plus fragiles d'entre eux. Même les vieilles souches en bénéficient. Nous croyons l'arbre mort mais il survit toujours par ses racines, ajouta-t-il.

— En effet, cela vaut cependant pour les forêts naturelles, paraît-il, concéda François, tout en réfléchissant au fait qu'il ne regardait pas assez les arbres pour ce qu'ils étaient réellement, des êtres vivants.

— Je crois que c'est le cas de tous les arbres séculaires. Ils ont eu le temps de faire connaissance, plaisanta Philippe. L'échange serait la norme, même entre espèces d'arbres différentes. Les végétaux sont capables de distinguer leurs racines de celles d'autres individus, renchérit-il. Cela est admirable. Les animaux, bien entendu, sont capables d'entraide et cela, même entre espèces différentes. Surtout les chiens, les maîtres en matière d'empathie. Les éléphants également. J'ai eu le loisir de voir des vidéos très touchantes.

François se rendit compte qu'il avait travaillé en tant que paysagiste pendant toutes ces années sans apprécier l'essence même des arbres et des plantes. Il n'avait regardé d'eux que leur qualité esthétique, leur forme, leur couleur, l'attrait qu'ils pourraient représenter dans le tableau général qu'il avait conçu. Il possédait le savoir, cependant, il était passé à côté de la profondeur des choses. Ainsi, n'avait-il jamais considéré les arbres en tant qu'êtres individués. Comment avait-il pu passer à côté de l'essentiel ? Décidemment, ce vieil homme l'étonnait à maints égards.

— Les arbres furent introduits en peinture à partir de la Renaissance et surtout au XVIIème siècle, expliqua Philippe. Cependant, ils étaient rejetés vers les bords des tableaux, n'étant qu'un ornement à la scène représentée. Puis, à partir des années 1820-1830 et jusqu'en 1860, les artistes romantiques mirent l'arbre à l'honneur. Il devint alors individué, il fut enfin quelqu'un. C'est vrai chez Camille Corot ou chez Théodore Rousseau, par exemple. John Constable se plaisait à dire : « *Pour moi, peindre n'est qu'un autre mot pour sentir* ».

François retourna un sourire à Philippe. La culture et la sensibilité de cet homme le captivait.

— La contemplation active nous plonge en l'instant présent. Ce rapport sensible au monde, à l'éphémère et au sensoriel, ce sont les Romantiques qui nous l'ont apporté, en poésie comme en peinture. Les éléments sont présents dans leurs œuvres où la nature y est vivante, renchérit Philippe tout en continuant à marcher. Pourquoi tenter de reproduire en peinture la beauté de la nature alors qu'il nous faut tous nos sens pour l'appréhender ? Il s'agit de la sublimer. Selon la fameuse formule de Balzac : « *La mission de l'art n'est pas de copier la nature mais de l'exprimer* ».

— Le jardin paysager se doit d'éveiller les sens. C'est le jardin romantique par excellence, souligna François.

Philippe hocha la tête en signe d'approbation.

Arrivés en bord de pelouse, les deux hommes s'arrêtèrent. Des magnolias et des lilas bordaient la pelouse constellée de milliers de petits cristaux scintillant sous les timides rayons. Au printemps, la beauté éployée de leurs fleurs dévoilerait des teintes délicates en exhalant leurs effluves voluptueusement poudrés.

— Les magnolias sont de très anciens arbres, précisa François. Ils ont côtoyé les dinosaures.

— Vraiment... dit Monsieur Gramont pensif.

— Il faudrait une transition moins stricte entre les allées arborées et cette pelouse nue. Des massifs de fleurs de formes irrégulières, placés çà et là, seraient les bienvenus, proposa Kermadec.

— En effet, cela est trop formel, trop dépouillé ; répondit Philippe. On voit trop la main de l'homme qui a, un beau jour, décidé de mettre une pelouse au beau milieu.

François se mit à rire.

— En effet, je vous l'accorde, cela fait pièce rapportée. Je vous proposerai des massifs en forme de S qui auront un effet très naturel.

L'artiste et le paysagiste traversèrent la pelouse pour arriver devant le vieux châtaignier. François sentait que l'instant était solennel.

— Bonjour, Victor ! s'exclama Philippe qui étreignit l'arbre, sous le regard amusé de François. Je te présente François Kermadec qui va prendre soin de toi.

— Salut Victor ! s'écria le paysagiste.

— Victor doit être le centre de votre œuvre, déclara l'artiste peintre.

— J'ai bien compris, répondit François en souriant.

— J'ai posé un cristal de roche pour lui donner force et vigueur, montra Philippe. Il faut donner un coup de pouce aux vieillards.

— Une petite coupe de cheveux lui fera le plus grand bien, constata François. Rien que les pointes, soyez-en assuré, ajouta-t-il sur un ton badin.

Les deux hommes en rirent de bon cœur avant de passer de l'autre côté de la pelouse. Là, un tulipier s'épanouissait près d'un grand saule pleureur au port retombant dont les grandes lianes cherchaient à cajoler la terre en une révérence empreinte de gratitude.

— « *Mes chers amis, quand je mourrai,*
*Plantez un saule au cimetière.*
*J'aime son feuillage éploré ;*
*La pâleur m'en est douce et chère,*
*Et son ombre sera légère*
*A la terre où je dormirai* »,

récita Philippe. Alfred de Musset, un autre romantique qui échangea d'ailleurs des vers avec Monsieur de Lamartine ».

– Tout semble plus beau avec les poètes, observa François.

– Ce sont de fins observateurs qui perçoivent la beauté partout où elle est, car leur cœur est pur. Le romantisme définit l'art à lui seul : tendre vers la beauté, vers l'harmonie. La beauté de la langue, celle des sentiments nobles, celle de la nature. L'harmonie des paysages, l'harmonie entre l'homme et la nature. Alphonse de Lamartine, c'est le souffle lyrique, l'exaltation des sentiments, le cri du cœur, l'élan de l'âme ! Et quelle belle âme, quelle âme généreuse ! Il avait beaucoup de qualités, dont le don de soi, même au péril de sa vie, pour une cause qu'il jugeait juste.

François n'osait interrompre Philippe Gramont qui semblait heureux d'aborder ces sujets en compagnie d'une oreille attentive. De temps à autres, l'artiste scrutait le ciel d'un regard pénétrant, comme s'il eut regardé au-delà des nuages, lesquels traversaient l'azur, telles les âmes voyageuses qui passent et trépassent en ce monde.

– La nature, l'amour, la destinée, l'infini, autant de thèmes desquels jaillirent les plus beaux vers qu'il eut été donné d'écrire. Alphonse de Lamartine est à la poésie ce que Frédéric Chopin est à la musique. De raffinées cascades de vers et de délicates cascatelles de notes, en un souffle divin, expliqua Philippe. Qu'importe s'il y avait çà et là quelques imperfections. Pour Lamartine, la poésie était, selon ses propres termes, « *de la raison chantée* », le chant de l'âme. Il disait des lettres de l'alphabet qu'elles étaient vingt-quatre notes. Ce que recherchait le grand poète n'était pas la perfection mais l'inspiration spontanée, l'élan poétique, le souffle lyrique. L'inverse d'un constipé de la versification comme Mallarmé, précisa Philippe en se tournant vers François, amusé. Les poètes qui suivirent marquèrent le début d'une longue déchéance, d'une inexorable décadence qui mena notre culture et notre parlent d'eux-mêmes : Alphonse de Lamartine publia les *Méditations poétiques*, puis les *Harmonies poétiques et religieuses.* Avec ses sombres successeurs, ce furent : *Les fleurs du mal*, *Les épaves*, *Une saison en enfer* ou autres *Paradis artificiels.* Le sarcasme, le cynisme, la dépravation, la noirceur. Beuverie et veulerie ne peuvent engendrer le beau et le bon. Se rouler dans le caniveau de la ville et s'abandonner à ses démons ne mènent qu'au désert, au propre comme au figuré. Saviez-vous que Rimbaud avait tué des centaines de chiens innocents en Afrique et qu'il s'en vantait dans sa correspondance ? Quel homme méprisable. Une âme damnée. L'exact opposé d'Alphonse de Lamartine qui aimait ses chiens passionnément, dont son fidèle Fido, un petit lévrier italien. La noblesse de l'âme opposée à la dépravation. Hélas, hélas, hélas, c'est ainsi que le laid et le mal furent encensés et que rien ne fut plus comme avant, malgré le sursaut de l'art nouveau, de Claude Debussy et de Marcel Proust. Ah, Proust ! Insurpassable ! Proust est au roman ce que Lamartine est à la poésie, l'introspection au service de l'illumination.

– Baudelaire, Verlaine et Rimbaud étaient tout de même doués, non ? objecta François.

– Doués, n'est pas le mot. Qu'ils aient eu quelques belles prédispositions, je n'en disconviens pas. Ils bénéficièrent surtout de l'éducation littéraire classique de leur époque. Mais voyez ce qu'ils en firent ! s'exclama Philippe. Le mouvement Dada porta l'estocade finale. Ce fut un mouvement de contestation contre l'académisme, comme il y en eut, au demeurant, bien avant, lequel s'essouffla au bout de six années. D'ailleurs, ses membres ne prétendaient pas faire de l'art, mais, bien au contraire, du *non art*, comme ils le baptisèrent eux-mêmes. Et tous les imbéciles et incultes qui suivirent s'engouffrèrent dans la brèche pour répéter et rabâcher à l'infini ces provocations, ce non art. Le non art est entré dans les Musées qui ont l'audace et la stupidité de le présenter comme de l'art !

— En effet, c'est affligeant. C'est la raison pour laquelle tant de gens, de nos jours, se détournent de l'art. Et Victor Hugo ? Qu'en pensez-vous ?

— Lisez des poèmes de Lamartine puis des poèmes d'Hugo. Cela répondra à votre question, répondit l'artiste avec malice.

Lorsque Philippe Gramont faisait une pause, François Kermadec en profitait pour prendre quelques clichés. Puis l'artiste et le paysagiste repartaient à la découverte du parc et continuaient leur discussion.

— La décadence aurait donc débuté il y a si longtemps ? interrogea François.

— Cela fut un lent processus qui connut ses débuts à la moitié du XIXème siècle. Nous sommes en train de vivre exactement ce que les Romains vécurent, à tous points de vue. Le déclin, économique, culturel, artistique, spirituel. En un mot, le déclin civilisationnel. Les hommes n'apprennent rien de l'Histoire et répètent à tout jamais les mêmes erreurs, tout en se drapant du sceau de l'intelligence, comme cela, a priori. Quelle intelligence ? Ils s'arrogent tous les droits pour mieux piétiner et disposer des autres espèces. Quelle imbécillité, vous voulez dire ! affirma Philippe d'un air accablé. Vous connaissez le bon mot d'Albert Einstein : « *Deux choses sont infinies, l'univers et l'imbécilité humaine, mais en ce qui concerne la première, je n'en ai pas encore acquis la certitude absolue* ».

François éclata de rire.

— Admirable constat, commenta-t-il.

— Montaigne l'avait déjà compris, reprit Philippe, qui proclamait avec force que l'humain n'était pas supérieur aux autres animaux. Nous ne savons pas qui nous sommes, dit-il, alors, que savons-nous des autres animaux ? Tenez, j'ai relu il y a peu ce passage et l'ai noté...

Philippe sortit un petit carnet de sa poche et, descendant ses lunettes sur son nez, commença à lire :

— « *Il y a plus de distance de tel homme à tel homme qu'il n'y a de tel homme à telle bête* », affirmait-il. « *Il n'y a point d'apparence d'estimer que les bêtes fassent par inclination naturelle et forcée les mêmes choses que nous faisons par notre choix et industrie. Nous devons conclure de pareils effets pareilles facultés, et confesser par conséquent que ce même discours cette même voie, que nous tenons à ouvrer, c'est aussi celle des animaux.* » Dans ses *Essais*, Montaigne donna de nombreux exemples d'ingéniosité et de subtilité chez les animaux. S'ils en étaient dépourvus, comment pourraient-ils agir comme ils le font en diverses situations et même survivre ? Ils pensent, réfléchissent, inventent, se souviennent, ressentent, compatissent, aiment, s'entraident.

— Tant d'êtres humains sont dénués de toute sensibilité envers autrui. Quel aveuglement, concéda François.

Philippe joignit les mains et leva les yeux au ciel comme s'il implorait quelque miséricorde.

— Comme le disait si joliment Alphonse de Lamartine : « *On n'a pas deux cœurs, l'un pour l'homme, l'autre pour l'animal. On a du cœur ou on n'en a pas* ». Voyez-vous, il existe diverses formes d'intelligence : l'intelligence formelle (il est des individus qui ont l'intelligence formelle pour réussir des examens mais qui sont parfaitement dénués de subtilité et donc, à mon sens, d'intelligence), mais également l'intelligence sociale, l'intelligence mathématique, l'intelligence mécanique, l'intelligence spatiale, l'intelligence verbale, l'intelligence dans le maniement des concepts, etc... Hélas, les humains, dans leur écrasante majorité, sont dépourvus de ce que je tiens pour la plus haute d'entre toutes : l'intelligence du cœur. Arthur Schopenhauer allait en ce sens lorsqu'il disait : « *La compassion universelle est la seule garantie de la moralité* ».

— Je souscris pleinement aux propos de ces illustres esprits, affirma François.

Les nuages dissimulaient puis dévoilaient le soleil pour le cacher encore, en une danse qui rythmait la promenade des deux hommes et leur conversation, pénétrant les cœurs tantôt de joie tantôt de mélancolie. Philippe s'arrêtait, de temps à autres, pour considérer tel ou tel arbre dont le tronc exhalait l'humidité qui se mêlait à l'odeur de l'humus de la terre détrempée. Puis, il reprenait la discussion, comme si celle-ci n'avait jamais cessé, son carnet de notes à l'appui.

— Arthur Schopenhauer, dans sa grande sagesse, écrivit : « *Je ne m'étonne pas qu'on calomnie les chiens : — trop souvent, hélas ! l'homme n'a qu'à rougir devant le chien* ». Victor Hugo s'accordait avec lui, précisa Philippe, avant de poursuivre : « *Le chien, c'est la vertu qui, ne pouvant se faire homme, s'est faite bête* », disait-il. Voltaire, à son tour, soulignait que l'amitié du chien l'emportait sur celle de l'homme. Pour en revenir à Schopenhauer, celui-ci estimait que les chiens étaient supérieurs aux hommes. Il rapporta un jour que lorsque son chien faisait une bêtise, il lui disait : « *Fi, tu n'es pas un chien, tu n'es qu'un homme. Oui, un homme ! Tu devrais avoir honte* ».

Philippe Gramont prenait autant plaisir à partager ces anecdotes que François Kermadec à les écouter.

— Schopenhauer fit de son caniche, Atma, son héritier et lui légua sa fortune et ses biens. Sa gouvernante en reçut également une partie et s'occupa d'Atma jusqu'au jour où il alla rejoindre son illustre père.

— Cela a dû être difficile pour Atma de perdre un tel père, présuma François.

— C'est la chose que l'on redoute le plus lorsque l'on a un chien, confia Philippe. Schopenhauer était un grand défenseur des animaux. Tenez, j'ai noté une formule...

L'artiste sortit de nouveau son carnet de sa poche, ajusta ses lunettes, et se mit à lire :

— « *Le monde n'est pas une fabrique et les animaux ne sont pas des produits à l'usage de nos besoins. (...) l'animal est pour l'essentiel le même que l'homme* ». Il rejoint en cela Montaigne, conclut Philippe, en regardant François dans les yeux.

Kermadec acquiesça avec force conviction.

– Schopenhauer écrivait aussi… poursuivit Monsieur Gramont qui compulsait son carnet de notes : « *Le plus grand bienfait des chemins de fer est qu'ils épargnent à des millions de chevaux de trait une existence misérable* ».

– Dans certains pays, cela continue, malheureusement, commenta Kermadec.

– Schopenhauer a critiqué très sévèrement l’absence de droits pour les animaux. Il soulignait que cela remontait au mythe de la création de l’Ancien Testament qui fut repris par le Christianisme et qui ne sert qu’à légitimer l’exploitation des animaux par l’homme.

– D’autres cultures avec le soutien d’autres religions ont fait de même, toujours en brandissant des dogmes pour tenter d’excuser leurs actes condamnables, ajouta le paysagiste.

– Cela est vrai, hélas. L’humain…

Toujours plongé dans son carnet, l’artiste lut à haute voix :

– « *Cette façon criminelle, qui crie vengeance au ciel, avec laquelle la populace chrétienne en use avec les animaux, comme elle les massacre sans aucune utilité et avec le sourire, ou les mutile, ou les torture* ». Ceci est issu du *Parerga & Paralipomena* de Schopenhauer, précisa Monsieur Gramont à l’attention de Kermadec. « *Qu’on voie aussi bien les expérimentations pratiquées sur eux, les vivisections, les agressions infligées à l’animal vivant, tout ce qui met la nature à la question pour lui extorquer des questions qui sont peut-être déjà connues depuis longtemps.*

L'artiste se tourna alors vers le paysagiste, et ajouta :

— Voltaire fit la même remarque sur la vivisection et déplorait que l'on prenne l'animal moralement le plus noble de tous, le chien, dont le système nerveux très développé rend plus sensible à la douleur.

— Quelle infamie ! s'écria François.

Les deux hommes empruntèrent un autre chemin arboré et s'arrêtèrent un instant pour observer cet endroit du parc avant que le froid ne les contraignît à reprendre leur marche.

— Pensez-vous qu'ils nous écoutent ? demanda le paysagiste en désignant les arbres.

— Je pense qu'ils ressentent qui nous sommes. Vous devez savoir que les végétaux se développent mieux si nous leur prêtons attention ?

— En effet, j'ai lu à ce sujet. C'est passionnant.

— Les humains ne comprennent pas que nous sommes tous liés.

Kermadec observait les arbres attentivement, en posant sur eux un nouveau regard. Certains, aux troncs blancs tachetés, s'élançaient, sveltes, en un mouvement oblong. D'autres préféraient s'épanouir tout en rondeur et déployaient leurs multiples bronchioles qui, bientôt, verdiraient à loisir.

— Le goût de la contemplation va de pair avec celui de la poésie et celui de la peinture paysagère, reprit l'artiste qui appréciait cette promenade en bonne compagnie.

– Je me souviens d'un cours où l'on nous avait expliqué que les paysagistes du début du XIXème siècle étaient en quête d'une harmonie naturelle et morale, se remémora le paysagiste.

– La recherche d'une harmonie universelle entre le monde minéral, végétal et animal, dont nous faisons partie, fut bénéfique. Malheureusement, les hommes se détournèrent de cet idéal. La ville ne peut apporter cette harmonie. Contempler les trottoirs sous le bruit des klaxons n'est guère inspirant, plaisanta Philippe. Les hommes se croient séparés de la nature, ce qui est une aberration. En plus, ils se pensent au-dessus des autres espèces. Quelle arrogance ! « *Nous pouvons juger le cœur d'un homme par son comportement envers les animaux* », disait si justement Emmanuel Kant.

Les deux hommes achevaient bientôt leur tour du parc lorsque Monsieur Gramont s'adressa à Kermadec :

– Je suis saisi de froid… et non d'effroi…

François sourit à ce jeu de mot.

– Rentrez vite vous réchauffer. Je vous appellerai dès qu'un ouvrier pourra venir enlever le ciment de la serre. Je vais travailler sur les plans et vous les apporterai dès qu'ils seront prêts.

– Je vous en serais reconnaissant, répondit Philippe. Encore une question, avant que je ne vous laisse vaquer à vos occupations, pourriez-vous me recommander une femme de ménage ?

– Oui, Madame Lauvec travaille très bien. Elle vient chez moi deux fois par semaine. Je pourrais lui demander de vous appeler si vous le souhaitiez.

— Ce serait très aimable de votre part. Les travaux terminés, il faudra un grand coup de propre.

— Comptez sur moi.

— Je vous remercie d'avoir pris la peine de venir. À très bientôt.

— Merci de votre chaleureux accueil et de ces échanges passionnants. Je vous tiens au courant rapidement.

Les deux hommes se serrèrent chaleureusement la main. L'artiste regagna sa demeure, tandis que le paysagiste remonta l'allée bordée de trembles et quitta, à regret, le domaine de Beauregard.

# Chapitre II

François entra dans cette maison qu'il n'avait pas choisie et où il ne s'était jamais senti chez lui. Il n'avait même pas daigné apporter une touche personnelle au jardin afin de l'améliorer, un comble pour un paysagiste. Après avoir passé quelques appels téléphoniques professionnels, notamment concernant le domaine de Beauregard, Kermadec se prépara un frugal repas de célibataire. Tout en déjeunant, il se remémora les conversations avec Philippe Gramont. Les paroles du vieil homme revenaient en son esprit tel un écho, le faisant réfléchir aux sujets abordés, mais également à sa propre existence. Le quadragénaire eut la soudaine intuition de s'être fourvoyé toutes ces années, tant professionnellement que personnellement. Il ressentait à présent une sorte de clarté intérieure, comme une lueur d'espoir et de vérité révélée laquelle, telle une flamme indicible, faisait germer en lui une intuition nouvelle, une inspiration libre, une compréhension engendrée par une maturité fraîchement acquise. Philippe avait fait jaillir la petite étincelle que François se devait d'attiser.

Fort de cette influence, il se mit au travail. Après avoir finement pris connaissance des fleurs préférées de Pénélope Gramont, le paysagiste commença à dessiner des croquis d'après les photographies qu'il avait prises au domaine de Beauregard et y ajouta quelques idées personnelles. Il lui fallait tenir compte de l'orientation des lieux. Certaines fleurs aimaient le plein soleil, d'autres préféraient bénéficier de quelques rayons tout en profitant de quelque ombrage, d'autres, encore, s'épanouissaient à couvert. Les associations de fleurs comme l'heure de leur floraison était également une gageure. François avait hâte de mettre en œuvre ce projet. Cet empressement, cette ardeur au travail, il ne l'avait plus éprouvé depuis bien longtemps. Qui plus est, il était impatient de revoir Monsieur Gramont, qui, bien qu'il le connût peu, lui avait déjà fait forte impression. Il est des êtres qui se distinguent de leurs semblables. Philippe était de ceux-là. Il apparaissait comme une évidence à François que le vieil homme eut été attiré par le domaine de Beauregard. Ce lieu, même en hiver, irradiait d'un bel onirisme propice à une rêverie féconde. Il se devait d'être la propriété d'un artiste. François Kermadec se sentait honoré d'avoir la précieuse charge d'embellir ce lieu. Ce serait sa plus belle œuvre paysagère, il en était persuadé. L'obscurité arracha le paysagiste à ses croquis. Quelle heure était-il ? Il avait donc travaillé sans relâche plusieurs heures... La sonnerie du téléphone retentit. François répondit et, après une brève conversation, composa le numéro de Monsieur Gramont.

— Monsieur Gramont ? François Kermadec... Oui, je vous remercie. J'ai une bonne nouvelle au sujet de la serre. Les ouvriers peuvent venir enlever le ciment mardi... Parfait, je leur confirme. J'ai pour ma part commencé à travailler sur ce projet très inspirant... Je pense pouvoir vous présenter des croquis d'ici trois semaines. Cela vous irait-il ? Je vous en prie... J'ai également appelé les jardiniers et les élagueurs afin qu'ils réservent du temps dans leurs agendas. Je passerai avec les croquis et les catalogues, puis avec les jardiniers pour enlever les arbustes et massifs morts... Je vous en prie... Je vous souhaite une agréable soirée... Je vous remercie, Monsieur Gramont... Au plaisir de vous revoir également.

François raccrocha d'avec cette voix amie qui lui réchauffa le cœur l'espace d'un instant. Puis, le silence. Le silence et la froideur de cette maison impersonnelle qui ne lui correspondait pas. Comment avait-il pu vivre ici aussi longtemps ? François comprenait qu'il n'avait pas fait ce choix mais se l'était fait imposer contre son gré, par paresse, par faiblesse, par inintérêt. Puisque la personne qui l'accompagnait alors n'était pas faite pour lui, qu'importait le lieu. François fut déconcerté de s'apercevoir combien le manque d'enthousiasme avait envahi son existence, avait conquis son psychisme, jusqu'à effacer la moindre lueur de bonheur et de joie, la moindre once d'ardeur et d'exaltation au travail. Ses réalisations étaient, certes, prisées, cependant, il ne les avait accomplies que mécaniquement, grâce à son savoir et à son expérience, mais sans aucun élan du cœur. Il en était à présent embarrassé. Aujourd'hui, il devinait enfin ce qu'étaient l'entrain et la passion pour un projet et était impatient d'être au lendemain afin de continuer ses études et croquis pour l'exceptionnel domaine de Beauregard.

Les jours et semaines qui suivirent, François travailla d'arrache-pied sur les esquisses. Il fit l'acquisition des *Méditations poétiques* d'Alphonse de Lamartine qui n'étaient qu'un lointain souvenir de ses études passées. Chaque soir, il lisait quelques poèmes qui le plongeaient dans une grâce inspiratrice. Comme il regrettait de n'avoir pas conservé ce goût littéraire qui avait été sien jadis. Il avait le sentiment d'avoir été dépossédé de sa personnalité, d'avoir aveuglément refoulé sa prédilection pour l'art et la littérature et même renié ses prédispositions.

Trois semaines avaient passé et Kermadec était enfin prêt à soumettre ses esquisses à Philippe Gramont. Il fit relier les différents dossiers, prit quelques catalogues soigneusement sélectionnés, puis se rendit au domaine de

Beauregard où le vieil homme l'attendait. Un avant-goût de printemps flottait dans l'air désormais adouci. La moitié de mars sonnait enfin la délivrance. Des milliers de gouttelettes perlaient sur les branches nues des arbres qui n'avaient pour seule verdure que le lierre opportuniste ou les boules de gui pendant à une branche, tel un globe à son réverbère. Les ramées attendaient que leurs bourgeons mûrissent avant d'éclore, ici sous le murmure naissant d'une envolée d'oiseaux, là sous le bruissement d'une averse qui laissait, sur la route inondée, de jolies irisations. Ces petits arcs-en-ciel en annonçaient-ils de plus grands ? François espérait que Monsieur Gramont apprécierait ses maquettes. Il avait déjà cette satisfaction intérieure du travail bien fait, mais était, toutefois, en quête de l'assentiment de l'artiste.

À l'entrée du domaine Beauregard, un ouvrier finissait d'apporter des touches dorées aux motifs supérieurs du portail par ailleurs recouvert d'une fraîche peinture noire. Après avoir salué l'homme, Kermadec descendit avec entrain l'allée de peupliers ; il lui semblait que chacun d'entre eux l'accueillait chaleureusement. Il était enfin de retour dans cette propriété qui lui avait tant manqué. Le paysagiste aperçut la voiture de Monsieur Gramont garée dans l'allée perpendiculaire entre la maison et la dépendance. Lorsque François pénétra dans le vestibule de la maison de Maître, il trouva Philippe Gramont agenouillé devant l'escalier, un mètre à la main. Un tapis empourprait une à une les marches de pierre, telle une traîne interminable.

— Bonjour, Monsieur, dit-il. La sonnette de la porte ne semble pas fonctionner.

Le vieil homme s'était retourné en entendant la porte d'entrée.

— Ah, bien le bonjour, cher Monsieur. Entrez, entrez. En effet, elle va être réparée mais je voulais garder la sonnette d'origine. J'ai dû faire venir plusieurs personnes avant de trouver celle qui accepterait de ne pas la remplacer. Cela sera fait d'ici peu.

Kermadec prit soin d'essuyer ses bottines sur le tapis de seuil et accrocha sa veste et son écharpe au vestiaire. Un meuble de style art nouveau avait remplacé le précédent. Orné de motifs floraux en marqueterie, il était doté d'un tiroir, d'un porte- parapluie et de doubles patères encadrant un miroir biseauté. Un plafonnier de forme arrondie répandait ses éclats de lumière ; serti de bronze doré, il déployait des rangs de pampilles de cristal biseauté, rectangulaires en son sommet, puis hexagonales, lesquelles soutenaient elles-mêmes une boule de cristal en leur centre.

— Puis je vous aider ? proposa-t-il à Monsieur Gramont qui peinait à se relever en prenant appui sur la rampe d'escalier.

— Vous êtes bien aimable. Ce n'est plus de mon âge, expliqua le vieil homme en se redressant à l'aide du bras que François lui avait offert.

Après avoir soufflé un instant, Philippe ajouta :

Je voulais prendre des mesures pour mettre une barrière devant l'escalier. C'est très dangereux pour un petit chien.

Philippe s'adressa à François les yeux dans les yeux, prêt à lui faire une révélation de la plus haute importance.

— Vous savez, il n'est rien de plus beau que de donner de l'amour à un être dont l'ambition ultime est d'aimer inconditionnellement, dit-il avec une émotion non contenue.

François accueillit cette vérité en mesurant la profondeur et la beauté de son contenu comme de sa forme. Il soutint le regard de Philippe et acquiesça amicalement, pris d'attendrissement à son tour.

— Laissez-moi faire. J'ai l'habitude, suggéra enfin François.

Le paysagiste releva les mesures.

— Quel type de barrière souhaiteriez-vous mettre ?

— Eh bien, quelque chose qui ne serait pas trop vilain devant l'escalier mais qui serait pleinement sécurisé afin que de petites pattes astucieuses ne puissent l'ouvrir… Je pense l'avoir déjà mentionné, Mais Voltaire disait que le chien est l'animal moralement le plus noble de tous et que son amitié l'emportait sur celle de l'homme. Je souscris pleinement à cela.

— J'y souscris également, répondit François comme plongé dans ses souvenirs. Si vous voulez, je regarderai ce que je peux trouver, ajouta-t-il. Je connais un ferronnier d'art qui fait des merveilles.

— Vous m'enlèveriez une épine du pied. Comment allez-vous ?

— Bien, bien. Votre domaine a suscité en moi une grande inspiration.

Merveilleux. Merveilleux, ponctua Philippe Gramont.

— Le temps s'est amélioré, c'est une bénédiction pour avancer notre projet, lança l'artiste. Au fait, je tenais à vous remercier. Le ciment de la serre a été ôté magistralement par les ouvriers.

— J'irai inspecter cela. Il faudra mettre du terreau puis des graines de gazon. Un gazon qui ne pousse pas très haut évitera de devoir tondre ce petit espace.

— En effet, voilà une bonne idée.

François aperçut quelques cartons placés sous l'escalier en attendant d'être déballés. Il se retourna et vit qu'un grand tableau était accroché dans l'entrée. Une force céleste s'en dégageait, déployant ses ailes flamboyantes de pourpre et d'or dans un ciel pur nacré de la blancheur de quelques nuages, tandis que l'éther se dévoilait en sa cime et qu'un feu sacré émergeait de la terre violacée.

— Splendide ! s'extasia François en admirant l'œuvre.

— Je vous remercie, répondit Philippe.

— Je n'ai jamais vu de tableau semblable ! continua François, envoûté. Quelle puissance et quelle magnifique harmonie chromatique.

— Cela me fait plaisir que vous appréciez mon travail. Venez, installons-nous dans mon bureau.

Les deux hommes passèrent dans le salon pour rejoindre la bibliothèque. Kermadec eut le souffle coupé de voir la pièce si bien décorée.

— Vous avez déjà emménagé ? demanda-t-il à son hôte, surpris du changement.

— Les pièces principales seulement, répondit l'artiste qui semblait un tant soit peu fatigué. Un antiquaire de mes relations m'a aidé, mais il reste encore de nombreuses choses remisées dans la dépendance.

— Je pourrais vous donner un coup de main, proposa François.

— Je ne voudrais pas abuser de votre gentillesse ni de votre temps.

— Cela me ferait plaisir.

— En ce cas, ce serait grandement apprécié, dit le vieil homme qui paraissait quelque peu soulagé.

François embrassa d'un regard le grand salon d'où émanait une douce musique. Un morceau de piano, joué tout en légèreté, dispensait un tendre romantisme et sa douce mélancolie. Les meubles de style art nouveau, dignes de l'École de Nancy, s'accordaient parfaitement à la maison de maître tout en apportant une touche originale à cet intérieur qu'on aurait traditionnellement décoré dans les styles Louis XV ou Louis XVI. Puis, son attention se posa sur deux magnifiques vitrines toutes en courbes, aux vitres arrondies, qui dévoilaient une admirable collection de minéraux, lesquels constellaient alentour des éclats de lumière réfléchie. Ici, une sellette au plateau rond, reposant sur un piètement de tripodes ouvragés réunis par une entretoise, soutenait une lampe Tiffany dont les chatoyants morceaux de verre colorés composaient gracieusement des motifs floraux. Là, une jolie console et des tables d'angle délicatement ouvragées de motifs végétaux offraient de ravissants supports à un vase, à un vide-poche et à une lampe en verre de Murano dont le feuillage stylisé, irisé de poudre d'or, parsemait la pièce d'une lumière stellaire. François aperçut enfin un canapé d'angle en velours de style Chesterfield qui s'associait admirablement aux meubles et dont la teinte brun mordoré apportait un côté bohème que ne démentaient pas les quelques coussins qui le garnissaient et que venaient compléter trois poufs frangés disposés contre lui. Devant les banquettes orientées l'une vers le parc, l'autre vers la cheminée, une table basse en noyer dans le goût d'Émile Gallé était ornée d'une marqueterie fine de fleurs écloses.

Ce style garnissait l'espace sans l'étouffer et les motifs végétaux et floraux procuraient une continuité avec l'environnement extérieur du domaine. Tout semblait à sa place et une douce harmonie régnait dans la splendeur et la quiétude d'un lieu chargé d'affection. Le temps semblait suspendu, à l'instar du grand lustre montgolfière dont les guirlandes de cristaux étaient fixées à un cerclage en laiton repoussé qui formait une corbeille se terminant par des pampilles en forme de gouttes. François remarqua enfin un magnifique piano Pleyel quart de queue en bois d'acajou ; ses proportions étaient remarquables et son pied central, munis de pédales, avait la forme d'une lyre.

— Vous êtes magnifiquement meublé, dit enfin François.

— J'aime la noblesse des matériaux allié à la légèreté du style art nouveau. Point de surcharge mais une créativité débridée, confia Philippe.

— Quel dommage que l'on ne réalise plus de tels meubles ou de telles maisons, déplora le paysagiste.

— Quand bien même le voudraient-ils, ils ne le pourraient...

— La musique s'accorde très bien au décor, ajouta Kermardec.

— Les *Nocturnes* de Chopin. Les morceaux préférés de Pénélope, également grandement appréciés d'Ulysse. Je peux les écouter à n'importe quel moment de la journée, du matin au soir.

— Quelle délicatesse et quelle merveilleuse mélodie. Vous jouez du piano ?

— Non, ce sont des doigts plus fins qui parcourent ce clavier, répondit Monsieur Gramont en regardant l'instrument.

Deux tableaux attirèrent alors le regard du quadragénaire. Une force primordiale, une puissance démiurgique était à l'œuvre et le paysagiste avait le sentiment d'être face à la création de la Terre. La laque rouge éclatante et l'or flamboyant se détachaient de l'obscurité dans laquelle était plongé l'arrière-plan, tandis que le vert bronze s'associait admirablement à ce mouvement prodigieux où tout était harmonieusement entrelacé. Il lui sembla un temps apercevoir la silhouette d'un chien, puis, sur le second tableau, celle d'un tigre, avant que celles-ci ne s'évanouissent quand François se déplaça latéralement. Des mutations chromatiques s'invitaient, à l'instar de ces images, au gré de la lumière et à la faveur du point de vue d'où l'on se trouvait.

– Ces œuvres sont prodigieuses ! s'exclama François.

– J'ai voulu conserver celles-ci.

– Vous avez eu raison. Cela doit-être difficile de se séparer de ses toiles.

– C'est le lot des artistes. Il faut bien vivre de son travail, répondit Philippe en souriant.

– La lumière apparaît soudain, puis se dissimule…

– Claude le Lorrain considérait que la réalité suprême du monde était la lumière. Son dessein était de la capturer sur ses toiles, ce qu'il fit avec magnificence, bien mieux que William Turner plus tard, un pâle copiste, même si j'aime certaines œuvres de Turner, expliqua Philippe. Pour ma part, j'ai voulu que la lumière s'invite d'elle-même sur mes toiles, qu'elle apparaisse éclatante puis s'efface discrètement, en un jeu d'ombre et de lumière toujours renouvelé, selon l'heure et selon le point de vue. J'approuve la conception qu'avait Gustave

Moreau de l'art qu'il présentait ainsi : « *Je ne crois ni à ce que je touche, ni à ce que je vois. Je ne crois qu'à ce que je ne vois pas et uniquement à ce que je sens* ». Ses œuvres traduisent ce qu'il appelait les éclairs intérieurs. L'art est émotions, sensibilité. L'art conceptuel est un non-sens absolu. L'art est là pour exprimer des émotions, des sentiments, tout au plus des allégories. L'art ne peut véhiculer de concepts, contrairement à la littérature ou à la philosophie.

— Vous mettez longtemps à peindre des tableaux comme ceux-là ? s'enquit François, captivé.

— Ceux-ci ont pris du temps car il y eut des couches successives pour obtenir ce résultat de profondeur très abouti. Pour d'autres, je passais moins de temps. Cela dépendait du résultat que je souhaitais obtenir.

— Ces œuvres ont leur place dans des Musées.

— Certains de mes tableaux sont dans des Musées, répliqua l'artiste, amusé de l'enthousiasme du paysagiste à présent tellement stupéfait que ce dernier omit de demander de quels Musées il s'agissait.

Philippe Gramont entra dans le bureau par une large porte-fenêtre aux menuiseries bombées, suivi de François Kermadec, encore émerveillé, et c'est à peine si le paysagiste avait remarqué le tapis de soie qu'il foulait depuis son arrivée et qui feutrait ses pas sans que le parquet de bois ne grinçât. Il y avait tant de choses à admirer. François entrait dans un monde qu'il n'aurait pas soupçonné car il le pensait à tout jamais révolu, emporté par le vent de l'histoire, disparu avec les âmes de ceux qui avaient vécu leur existence dans la beauté, la qualité et la profondeur des choses. Le travail du bois courbé et de la marqueterie, ce savoir-faire, cet artisanat d'art continuaient de vivre en ce lieu marqué par la mémoire du temps et embelli par l'amour. Cette continuité était réconfortante. Le triomphe du beau et du durable face à la laideur et à l'éphémère apaisait François. Dès qu'il entra, le paysagiste aperçut un bureau et une bibliothèque de style art nouveau.

— Je vous en prie, asseyez-vous, proposa Philippe qui s'était installé sur un fauteuil de bureau au dossier arrondi et mettait des lunettes de vue cerclées de métal doré.

D'un geste, l'artiste invita le paysagiste à prendre place en face de lui. Voyant que Kermadec admirait le mobilier, il continua :

Louis Majorelle était un ébéniste hors pair. L'oncle de Jacques, le peintre. Ce bureau est appelé *bureau aux orchidées*, comme les motifs l'indiquent. J'ai mis du temps à le trouver.

— Magnifique, commenta François qui contemplait à loisir le mobilier.

Le bureau en acajou était orné de bronze doré délicatement ciselé qui déployait des tiges fines au sommet desquelles des corolles s'épanouissaient généreusement, grâce à la volonté de son créateur de présenter une nature en mouvement. La finesse du rendu contrastait avec la lourdeur des matériaux utilisés. Deux lampes en pâte de verre, en forme d'orchidées, s'inclinaient gracieusement sur leurs tiges pour venir éclairer le bureau. Les arts décoratifs étaient ici à leur apogée.

— Voyons vos projets, suggéra alors Monsieur Gramont.

— J'avais hâte de vous les présenter, avoua le paysagiste qui sortit de sa mallette les maquettes et les brochures. Avant toute chose, je vous laisse quelques catalogues de fontaines et de luminaires de jardin. J'ai placé quelques repères aux pages qui me semblaient correspondre à ce que vous recherchiez.

— Vous êtes bien aimable.

— Voici à présent les projets concernant le jardin d'agrément, la serre et le parc.

Philippe Gramont prit le temps d'étudier chaque maquette silencieusement, laissant à François le loisir d'admirer la bibliothèque en bois d'amarante, de chêne et d'acajou, ornée de placages en palissandre, loupe de thuya, laiton et nacre, et dont les étagères attendaient encore les livres qui bientôt les garniraient. Une cheminée en bois d'acajou patiné, élégamment sculptée de fleurs et de feuillages dans le plus pur style art nouveau, faisait face au bureau. La surplombant, était accrochée une œuvre de l'artiste ; une silhouette se dessinait en cette peinture où l'or, le cuivre et le bronze étaient élégamment mêlés. Plus loin, une double porte arborait deux panneaux de vitrail en verre granité à motifs de fleurs et de papillons dans des tonalités pastel. Kermadec scrutait le moindre indice de contentement de la part de Philippe Gramont dont les cheveux blancs comme neige étaient impeccablement coiffés en un léger mouvement sur le côté. Machinalement, François se recoiffa dans l'espoir de reproduire semblable ondulation à sa chevelure. Le vieil homme regardait minutieusement les projets en tournant délicatement les pages de ses doigts d'artiste, ce qui avait pour effet de faire miroiter les diamants de sa bague. Le paysagiste admirait la prestance de Philippe Gramont dont les traits réguliers laissaient penser qu'il avait dû être bel homme du temps de sa jeunesse. De même, il en appréciait l'élégance naturelle et le raffinement sans affectation. Une certaine indolence gagna François, captivé par le silence que venait souligner le délicat froissement des pages que l'artiste effleurait. Il eut le sentiment que le vieil homme tentait de dissimuler une profonde fatigue et pensa à ce que devait représenter des travaux et un emménagement à son âge.

— Vous avez fait un travail admirable, s'exclama soudain Philippe Gramont. On s'y croirait ! ajouta-t-il en remontant ses lunettes sur sa tête.

— Je vous remercie, répliqua le paysagiste, quelque peu flatté qu'un tel esthète apprécie ses efforts.

— Jusqu'au salon de jardin en rotin ancien pour la serre... commenta l'artiste. Reste à le trouver...

— Ne vous inquiétez pas pour cela, rassura François.

— Mon cher, je n'ai rien à redire, tout est parfait. Romantique et poétique à souhait... Vraiment merveilleux. Je ne pouvais attendre mieux. Vous êtes l'homme providentiel pour ce domaine, déclara Philippe Gramont en regardant dans les yeux François Kermadec, dont les joues s'empourpraient quelque peu.

— Il faudra bien entendu laisser le temps au temps pour que tout pousse...

— Laissez-moi passer en revue les catalogues quelques minutes, comme cela, ce sera fait.

Bien entendu, prenez votre temps.

Depuis le bureau, François avait vue sur le jardin d'agrément. Il l'imagina une fois le fruit de son travail achevé. Il fut alors pris d'un sentiment d'exquise douceur.

— Voici la fontaine qu'il nous faut pour le jardin, montra l'artiste.

Le paysagiste nota la référence souhaitée.

— Quant aux lampes, je pense que celles-ci s'accorderaient bien au jardin et celles-là au parc. Elles conservent toutefois le même style. Qu'en pensez-vous ?

— Excellent choix, répliqua François.

— C'est à réaliser avant toute chose... dit Philippe pensif.

— En effet. Il faut tout raccorder. Il y aura fatalement de petites tranchées que nous comblerons dès le travail effectué.

— C'est entendu. J'ai pris connaissance des tarifs et vos devis me semblent tout à fait honorables, déclara Monsieur Gramont. J'ai un petit creux, pas vous ? ajouta-t-il. Que diriez-vous de partager mon humble déjeuner ?

— Avec plaisir, répondit François, heureux de pouvoir échanger plus avant avec l'artiste.

Les deux hommes gagnèrent le vestibule et passèrent dans la salle à manger. Une douce chaleur radiante réchauffait la maison de Maître en cette fraîche matinée de mars.

— Le chauffage est lancé, semble-t-il ? questionna François.

— En effet. Il n'y a rien de mieux que ces anciens radiateurs en fonte pour une chaleur stable et sans effets nocifs.

La salle à manger, qui donnait sur le parc, était meublée dans le style art nouveau, comme il se devait pour conserver l'harmonie du lieu. Un grand vaisselier, construit sur des étais courbes reliant deux placards et des tiroirs centraux, et dont les écoinçons étaient ornés de motifs d'aubépine, démontrait combien cette époque avait souhaité conférer aux objets de la vie quotidienne une valeur esthétique. Une desserte reprenait les mêmes courbes, que venaient compléter la table ovale et les six chaises élancées et capitonnées d'un tissu satiné.

— Installez-vous pendant que je prépare le repas dans la cuisine, proposa le vieil homme qui posait une nappe sur la table.

— Il n'en est pas question, je viens vous aider, décréta Kermadec qui suivit son hôte dans la cuisine.

À sa grande surprise, François découvrit que le mobilier de cuisine, en bois peint dans une nuance ivoire, étaient également inspirés de l'art nouveau tout en offrant le côté pratique de la modernité. Les placards supérieurs, dotés de corniches moulurées étaient ornés de vitraux de forme ronde représentant des roses aux nuances pastel. L'élément central était plus imposant et son vitrail l'était également. Ceux qui l'entouraient, plus étroits, étaient agrémentés de miroirs sur leurs double-portes. Les placards du bas reprenaient les moulures sculptées et le motif des roses, cette fois gravées sur le bois dans l'esthétique de ce courant artistique.

— Vous aimez la perfection, constata François.

— Oui, et c'est la raison pour laquelle je suis exténué aujourd'hui, répondit l'artiste en riant.

Monsieur Gramont sortit du frigidaire rétro de couleur ivoire des œufs, des tomates, des pommes de terre cuites et de la ciboulette.

— Comment puis-je vous aider ? s'enquit le paysagiste.

— Eh bien, pouvez-vous m'apporter un bol pour battre les œufs, ainsi qu'un plat ? Ils sont dans le second placard, indiqua Philippe alors qu'il commençait à couper les tomates.

– Au fait, je tenais à vous remercier, déclara Kermadec. Grâce à vous, j'ai redécouvert Alphonse de Lamartine.

– Vous m'en voyez ravi.

– Je crois qu'il m'a inspiré dans les projets que je vous ai soumis, continua le paysagiste en apportant à son hôte le bol ainsi que le plat.

– Il nous inspire tous, répliqua Philippe qui cassa les œufs et commença à les battre. – Puis-je abuser de votre gentillesse et vous demander de bien vouloir sortir assiettes, verres et couverts du vaisselier de la salle à manger ? La carafe d'eau est déjà remplie.

Peu de temps après, une belle omelette était prête à être dégustée, accompagnée de laitues feuilles de chêne dans leurs variétés verte et rouge. Les deux hommes s'installèrent à la table.

– Voulez-vous un verre de Bordeaux ? proposa Monsieur Gramont.

– Je ne bois jamais le midi, travail oblige. Mais j'adore le Bordeaux accompagné d'un bon dîner.

– Sage décision, répliqua l'artiste.

– Si j'avais su, j'aurais apporté un dessert, s'excusa François.

– Une prochaine fois, répondit Philippe. Nous serons amenés à nous revoir avec tout le travail à accomplir.

– En effet. Je vais m'occuper de passer des appels cet après-midi et je vous tiendrai au courant de l'agenda.

— Parfait. Vous lisez donc les *Méditations poétiques* ? s'enquit Philippe.

— Oui. Hier soir, je me suis plongé, si je puis dire, dans *Le lac*...

— « *Ô temps, suspends ton vol ! et vous, heures propices,*
*Suspendez votre cours :*
*Laissez-nous savourer les rapides délices*
*Des plus beaux de nos jours !* », déclama Philippe. Un classique. Qui n'a pas souhaité un jour que le temps s'arrêta... ajouta-t-il avec une pointe de mélancolie.

— C'est vrai... Dans la foulée, j'ai également lu le poème *L'Isolement*.

— « *Un seul être vous manque et tout est dépeuplé* », récita encore Philippe avec émotion. Quelle magnifique manière de formuler les choses.

— Une sensibilité exacerbée alliée à une inspiration et un talent exceptionnels.

François crut bon changer de conversation :

Comme ce doit être plaisant d'être entouré de tant de belles choses.

— Oui... reconnut l'artiste, Mais vous savez, le plus important ce sont les êtres chers avec lesquels vous les partagez. Sinon, un décor, aussi somptueux soit-il, semblerait bien morne.

Ce fut au tour du paysagiste d'être pris de mélancolie. Le vieil homme avait raison. Rien ne peut revêtir une quelconque beauté lorsqu'on ne la partage pas. Il fut alors saisi de vertige. Qu'avait-il fait de sa vie et quelle était la finalité de son existence ?

— Il y a, chez Alphonse de Lamartine, qui n'avait pas été épargné par les chagrins au cours de son existence, reprit Philippe, un amour de la vie plus fort que la souffrance de cette vie. Lorsqu'il écrit : *Ici-bas la douleur à la douleur s'enchaîne ; le jour succède au jour, et la peine à la peine*, il veut parler de la condition de l'incarnation sur Terre où tout est impermanence. Pour lui, le secret de la vie n'est que de supporter héroïquement ces peines car nous ne sommes finalement que les enfants de la douleur.

— Le courage était l'une de ses grandes qualités, à n'en pas douter, commenta François.

— L'impermanence, dit solennellement Philippe. L'impermanence est une notion importante dans le bouddhisme. Elle est la loi universelle ici-bas, elle est la nature même de Bouddha. Alphonse de Lamartine apporta une note hautement poétique à ce sujet :
*« Tout naît, tout passe, tout arrive*
*Au terme ignoré de son sort :*
*À l'Océan l'onde plaintive,*
*Au vent la feuille fugitive,*
*L''aurore au soir, l'homme à la mort ».*

Vous devriez lire le poème *L'Éternité.*

— Je ne manquerai pas de le faire dès ce soir, promit François.

— Et ces formidables vers :

*« Le livre de la vie est le livre suprême*
*Qu'on ne peut ni fermer ni rouvrir à son choix ;*
*Le passage attachant ne s'y lit pas deux fois,*
*Mais le feuillet fatal se tourne de lui-même :*
*On voudrait revenir à la page où l'on aime,*
*Et la page où l'on meurt est déjà sous nos doigts* ! récita Philippe avec une pointe de nostalgie.

— Son talent était insolent tant par la beauté de la langue que par la profondeur des sentiments, ponctua François.

— Lamartine écrivit : « *Le blasphème est le péché des braves mais il y a quelque chose de plus grand que le blasphème, c'est l'acceptation* ». Nous rejoignons de nouveau le Bouddhisme, voyez- vous, qui lui-même avait emprunté à l'Épicurisme.

Kermadec était impressionné par la culture de l'artiste et il l'écoutait religieusement. Les paroles du vieil homme étaient ponctuées par le cliquetis des fourchettes sur les assiettes. Après chaque bouchée ou gorgée d'eau ingurgitées, Monsieur Gramont reprenait le fil de la conversation.

— Dans ses *Essais*, Michel de Montaigne faisait valoir la précarité de notre condition. Il en concluait que l'acceptation de cet état de fait était la seule voie vers l'égalité d'âme, s'en préoccuper n'entraînant qu'inquiétude, appréhension et crainte. Cela peut tout de même inspirer de belles poésies et de belles mélodies, non ? fit remarquer Philippe à son hôte, les yeux rieurs.

François lui retourna un sourire de connivence.

Une fois celles-ci écrites, nous pouvons redevenir des sages, ajouta malicieusement l'artiste.

Kermadec rit de bon cœur à ce trait d'esprit.

— Michel de Montaigne écrivait : « *Quand je danse, je danse, quand je dors, je dors* » et ajoutait : « *Notre grand et glorieux chef-d'œuvre, c'est de vivre à propos* ». Il concluait ainsi : « La vie *doit être elle-même sa visée* ». Montaigne est, à mon sens, le plus grand des philosophes, au sens premier et antique du terme, c'est-à-dire qui aime la sagesse, même s'il se défendait d'en être un, et peut-être surtout parce qu'il le réfutait, que cela fut par humilité ou par coquetterie.

– Cela m'intéresserait de me replonger dans les *Essais*, ponctua François.

– Voudriez-vous un peu de fromage ? proposa le vieil homme à son hôte.

– Ce n'est pas de refus. Mais laissez, je vais le chercher, proposa Kermadec en se levant prestement.

– C'est très aimable, répondit Monsieur Gramont dont la fatigue le faisait apprécier de pouvoir demeurer assis.

François revint rapidement de la cuisine avec un petit plateau de fromages et une corbeille de pain tranché.

– Pas de fromage sans vin ! s'exclama Philippe qui semblait heureux d'avoir de la compagnie.

– Il reste la fin d'une bouteille, juste là-bas, ajouta-t-il en désignant la desserte. Cela fait plusieurs jours que je l'ai entamée mais avec un bon bouchon, ce petit Saint-Julien est encore délicieux. Il y a plein de vieux vins à la cave. Il faut les boire !

François servit son hôte.

Et vous ? Allez, faites-vous plaisir ! Un fond de verre pour déguster votre fromage.

– C'est d'accord, accepta François avec un sourire. Et ensuite, ce sera du fromage pour finir le vin et ainsi de suite, plaisanta-t-il.

– Il faut profiter de l'instant présent, déclara Philippe en regardant François dans les yeux. Ne faites jamais l'erreur de vivre dans le passé ou de vous projeter sans cesse dans l'avenir, sans quoi vous ne serez jamais serein. *Calamitosus est animus futuri anxius*, autrement dit : le malheur accable l'esprit inquiet de l'avenir, écrivit Montaigne. *Carpe diem* est un adage émanant de la philosophie épicurienne dont nous avons de nos jours, fort à tort, oublié la seconde partie, *quam minimum credula postero,* dépréciant ainsi la pensée même d'Horace : « *Cueille le jour présent et ne crois pas au lendemain* ». Je me permets de vous dire cela car vous êtes jeune et avez la vie devant vous. Moi, ma vie ici-bas est derrière moi.

– Ne dites pas cela... réagit François, mal à l'aise.

– L'éternité est mon avenir... au-delà de ce monde, j'entends, confessa Philippe avec un sourire empli de quiétude. « *L'amour est révélateur de l'immortalité. Sans sa lueur, l'homme ne soupçonnerait pas l'infini* », écrivit Alphonse de Lamartine. C'est tellement vrai... Dans son poème *La mort de Socrate,* Lamartine fait dire au philosophe grec « *Mourir n'est pas mourir, mes amis, c'est changer* ». Le visage de l'artiste sembla s'illuminer. Vous savez, les liens d'éternité sont ceux qu'il nous faut cultiver. Tout le reste n'a aucune importance. Lorsque l'on est de l'autre côté, seul l'amour compte. L'amour, le véritable amour, d'éternité lie les âmes. Vous connaissez la formule de Léonard de Vinci : « *Ce qui fait la noblesse d'une chose, c'est son éternité* ».

Une douce lumière baigna les yeux chaleureux de Philippe. Sous les pâles rayons du printemps naissant, le parc s'étendait, immobile, par-delà la grande fenêtre, espérant patiemment sa résurrection prochaine. Le ciel tantôt se couvrait, tantôt s'éclaircissait, en un ballet incessant de nuages intrépides lancés dans leur course impétueuse.

— Cela semble merveilleux, répondit François.

— Vous avez des doutes ? s'enquit Monsieur Gramont. Je vous comprends. J'en aurais certainement encore si je n'avais eu quelques expériences qui ont chassé toutes mes incertitudes. Nous continuons notre chemin après la mort qui n'est qu'un passage.

— Disons que j'aimerais y croire, précisa le quadragénaire qui n'osa demander au vieil homme quelles furent, précisément, ces expériences.

— Alors, vous êtes sur la bonne voie, conclut Philippe d'un ton bienveillant. Ne perdez pas votre temps à chercher la fortune ou la gloire. L'amour est la clé de tout.

*« La vie est un sommeil, l'amour en est le rêve,*
*Et vous aurez vécu si vous avez aimé ».*

Vous avez, bien entendu, reconnu les vers d'Alfred de Musset.

Les deux hommes terminèrent leur repas en discutant allègrement. Puis, François débarrassa la table. Une fois que tout fut rangé, il prit, à regret, congé de son hôte.

— Merci pour ce repas et vos précieux conseils.

— Il me revient de vous remercier de votre charmante compagnie. Je deviens un vieil ours à force de m'occuper seul de cette maison. Et un grand merci pour votre excellent travail.

— Cela m'a fait autant de bien qu'à vous, avoua François. Je vous appellerai pour vous indiquer quand viendront les électriciens, les jardiniers et les élagueurs. Tous sont au courant et ont réservé leur temps. Je m'occuperai également de récupérer la fontaine et les lampes.

– C'est entendu.

– Je pourrai également vous donner un coup de main cette fin de semaine pour les cartons et la mise en place.

– Je vous remercie infiniment de votre sollicitude.

– À bientôt, Monsieur Gramont.

– Philippe, appelez-moi Philippe.

– À bientôt, Philippe, répondit François, honoré de cette attention.

Les deux hommes échangèrent une chaleureuse poignée de main. Avant de quitter Beauregard, le paysagiste calcula le nombre de lampes qu'il faudrait pour illuminer l'allée principale et la contre-allée. Il avait, plus que jamais, à cœur de faire renaître ce domaine et ressentit un empressement qu'il n'avait plus éprouvé depuis longtemps.

# Chapitre III

François Kermadec s'occupa d'établir l'agenda définitif des différents travaux qui auraient lieu au domaine de Beauregard. Tout se mettait en place avec une facilité déconcertante, songea-t-il. Décidemment, c'était une véritable aubaine de travailler dans ces conditions. Était-ce la bonne fortune qui lui souriait ? Le lieu était magnifique et son propriétaire, unique en son genre. François appréciait Philippe Gramont qu'il trouvait bienveillant et abordable. Toutefois, quelque chose en lui forçait le respect et incitait donc à se garder de toute familiarité. Non pas que Philippe ne s'ouvrit pas lors de leurs échanges, cependant, il y avait cette retenue que François avait peine à qualifier. Était-ce sa prestance ? Était-ce son éducation ? Était-ce son intelligence ? Était-ce sa culture ? Était-ce son talent ? L'homme pouvait être expansif, pour autant, il restait énigmatique. Il avait cette aura propre aux individus d'exception qui semblent garder en eux le secret de leur admirable qualité. Depuis qu'il avait quitté Philippe Gramont, François se sentait le cœur orphelin et attendait avec impatience leur prochaine entrevue. Il trouvait en lui la figure paternelle idéale qui lui avait tant fait défaut. Il se plut à imaginer ce qu'eût été sa vie avec un tel père en exemple. Aurait-il suivi la voie de la littérature et des arts, comme il l'avait ardemment souhaité dans sa prime jeunesse ? Aurait-il, au contraire, voulu s'en éloigner pour s'émanciper de cette exemplarité ou par crainte de souffrir de l'inévitable comparaison ? Il n'avait pas la réponse à ces interrogations qui, au reste, n'avaient pas lieu d'être. Il devait penser au présent et s'en satisfaire sans se soucier de son vécu, lequel pourrait laisser place à des regrets, et encore moins s'embarrasser d'un passé spéculatif pour lequel il échafaudait d'hypothétiques chemins de vie. Non, il lui fallait vivre sa vie à propos. La profondeur des échanges avec Philippe n'était-elle pas, précisément, possible parce que manquait cette proximité, cette intimité assidue qui, paradoxalement, empêchait d'aborder certains sujets ? Lorsque l'on pense avoir le temps, ne le dilapidons-nous pas ? Lorsque nous croyons la présence d'un proche à jamais acquise, ne la malmenons-nous pas ? Les banalités inconsistantes ne forment-elles pas le creuset des relations superficielles comme des relations étroites puisque nous vivons notre quotidien dans l'écrasante matérialité ? François se réjouissait que Philippe Gramont lui tînt d'autres propos. De même que la nature s'éveillait, son esprit semblait renaître d'une clarté nouvelle, tel un ciel qui, après avoir été frappé par l'éclair, s'éclaircit une fois l'orage passé et les nuages dissipés, gratifié d'éléments nouveaux. Il lui apparaissait à présent inconcevable d'avoir cédé à cet égarement suivi de tant d'errements. Il était bien décidé à maintenir ardente la flamme nouvellement acquise. L'oppressante solitude des crépuscules hivernaux, funèbre comme un linceul, était révolue. La période de dormance était enfin achevée et le printemps commençait à étendre ses favorables auspices.

François décida de s'accorder une promenade sur les rivages océaniques qu'il avait délaissés depuis trop longtemps, sans d'ailleurs savoir vraiment pourquoi. Il s'offrit d'apprécier chaque instant, même s'il eut préféré pouvoir le partager avec une autre âme. En abordant la petite route menant à la plage, il vit les landes d'ajoncs flattées par la brise océane et les grands pins qui s'élevaient, gorgés d'iode. François sentit monter en lui une joie toute enfantine. Il ôta ses chaussures pour arpenter le sable blanc et s'enivra longuement du vent marin et du chant éternel de l'océan. Puis, il décida de s'asseoir et de perdre son regard dans le sac et le ressac des vagues dont l'écume glissait sur le sable en une langoureuse étreinte, laquelle festonnait le littoral d'une fine dentelle. François resta ainsi longtemps à contempler l'infini mêlé de l'onde et des cieux, à sentir le souffle venu du large caresser son visage et décoiffer ses cheveux. Avant peu, l'orbe incandescente étendit ses ailes d'or sur les flots impassibles, tandis qu'avec audace, les nuées se paraient des teintes les plus somptueuses. Un flamboyant éventail d'or jaune entrelacé d'or rose éployait ses volants cuivrés, lesquels s'étiraient avec grâce dans le vermeil et dans le pourpre. François admira avec ferveur les tableaux changeants du couchant, sentant son âme communier avec l'éternelle immensité. Ce n'était plus lui, François Kermadec, mais bien cet autre sans nom qui s'accordait avec l'illimité, son être véritable, dépourvu de la personnalité et de l'ego qui le pervertissaient depuis sa naissance, son moi intérieur si pénétrant et qu'il avait lâchement abandonné. Enfin, l'astre de jour se précipita dans le mauve de l'horizon et, bientôt, l'océan et la voûte céleste se confondirent et se couvrirent de poudre d'or ; des gerbes d'étincelles constellaient le firmament comme elles parsemaient les flots miroitants. La pure clarté de la lune opaline baignait le visage et l'esprit de François, tandis qu'au loin, les embruns argentés répandus aux rochers scintillaient sous les blancs rayons. François se fit la promesse de ne jamais plus négliger l'enchantement, car il avait renoué avec celui qu'il était vraiment. Face à l'infini, sa condition lui apparaissait si fragile. Lorsqu'il ne serait plus, les arbres se dresseraient toujours fièrement, l'océan murmurerait et gronderait encore et les étoiles illumineraient invariablement les voûtes éternelles. Et pourtant, si fragile que fût sa condition d'homme ici-bas, son âme ne continuerait- elle pas sa course au-delà, gagnant ainsi l'éternité ? Soudain, de gros nuages vinrent éclipser les étoiles tandis qu'un souffle imprévisible refroidît brusquement l'atmosphère. Le paysagiste décida qu'il était temps de rentrer. Ce soir-là, François lut le poème d'Alphonse de Lamartine intitulé *L'Immortalité.*

Le samedi qui suivit, Kermadec s'était levé de bonne heure avec pour mission d'aller aider Philippe Gramont à finaliser l'installation de sa demeure. La semaine prochaine, les ouvriers et les jardiniers seraient à pied d'œuvre, ce qui ne lui laisserait guère le temps d'apporter son concours. Il passa en ville faire quelques emplettes avant de prendre la route. Sur le trajet, un vol d'hirondelles proclama la venue des beaux jours, et François s'en réjouit. Arrivé devant le domaine de Beauregard, le paysagiste vit que le portail était grand ouvert. Il se permit d'emprunter en voiture l'allée menant à la demeure, se gara dans la contre-allée, puis entra dans le vestibule sans annoncer son arrivée puisque la sonnette n'était toujours pas réparée.

— Philippe ? Philippe ? appela-t-il en vain.

François osa quelques timides pas dans le salon. La voix de Philippe Gramont se fit alors entendre, provenant du bureau.

— Nous serons bientôt de nouveau ensemble, mes chéris. Tout avance comme prévu. Je vous embrasse fort. Je vous aime de tout mon cœur et de toute mon âme.

Lorsqu'il comprit que l'artiste s'adressait à sa femme et à son petit prince au téléphone, François rebroussa chemin afin de le laisser parler en toute intimité. Quelques secondes plus tard, son hôte fit son apparition dans l'entrée, le regard assombri d'un voile de tristesse.

— Bonjour, Philippe, dit François qui comprit que Pénélope et Ulysse manquaient terriblement au vieil homme.

— Ah, bonjour, mon cher François. Fidèle à votre promesse à ce que je vois.

— Chose promise, chose due.

— Voilà un bien bon principe. Il y a tant à faire que je ne sais par où commencer.

— J'ai apporté quelques petites douceurs pour le déjeuner. Puis-je les mettre au réfrigérateur ?

— Bien entendu. C'est trop aimable. Je vous laisse faire, vous connaissez le chemin.

François se rendit donc dans la cuisine déposer les provisions, avant de revenir tout sémillant. Philippe avait quelque peu repris ses esprits.

— J'ai réfléchi. Commençons par la bibliothèque. Qu'en pensez-vous ?

— C'est une excellente idée, répliqua François qui avait hâte de découvrir les ouvrages préférés de l'artiste et de son épouse.

— Quelque chose semble avoir a changé en vous... remarqua l'artiste en observant le paysagiste.

— C'est grâce à vous.

— Balivernes. C'est grâce à vous, affirma Philippe en pointant François du doigt.

— J'ai l'impression d'avoir retrouvé un vieil ami en moi, expliqua le paysagiste.

— Je vois... répliqua Philippe en souriant. Je savais qu'il était là, derrière le masque social.

François lui retourna un timide sourire.

— Cet autre qui est en nous est notre être véritable, celui qui préexiste et subsiste après que nous avons quitté notre enveloppe charnelle et délaissé notre petit moi temporaire. Garder un lien avec lui est essentiel. Drapés de notre personnalité et menés par notre ego, nous avons tôt fait d'oublier qui nous sommes. Je suis heureux que vous ayez renoué avec votre âme, cette partie de vous-même qui est éternelle.

— Cela m'a apporté la sérénité l'espace d'un instant.

— Cela ne demeure pas car nous sommes dans un monde où règne l'impermanence des choses. Mais il vous faudra tenter de renouer de temps en temps.

— J'en ai bien l'intention.

— C'est là le lien que tous les êtres ont avec le grand Tout. Vous êtes sur la voie pour le découvrir. Lorsque vous aurez fait l'expérience de l'Unité, la plus haute d'entre toutes, celle de l'union avec la totalité, vous aurez atteint l'Éveil. Ne vous méprenez pas, cet état de conscience unifiée avec l'Univers et le Divin est également éphémère, mais vous apporte la certitude que la sérénité et la plénitude existent au-delà de ce monde matériel.

— Un état de conscience supérieur... Ce doit être impressionnant.

— C'est indicible, confia Philippe dont le regard fut parcouru d'une sorte de flamboiement.

Les deux hommes passèrent dans le bureau.

— Voyons, nous pourrions commencer par ce carton. Je sors les livres et vous les rangez sur les étagères que je vous indique, cela vous va ? proposa Philippe.

— Cela me semble bien.

— Pour les étagères du haut, vous pourrez utiliser le petit escabeau en bois qui est dans l'angle, là-bas. Mais pour l'instant, je vous donne les ouvrages qui garniront les étagères du bas.

— Entendu. J'ai lu le poème *L'Immortalité* d'Alphonse de Lamartine. Je vous remercie de m'y avoir invité.

— Voyez-vous, derrière les mots, il y a l'homme, déclara Philippe.

François vit que l'artiste était fatigué. Le vieil homme lui tendit quelques livres que François reçut comme un précieux trésor. Toutes les œuvres des poètes romantiques étaient là, dans ces ouvrages au papier fin et à la couverture verte ornée de quelques filets dorés.

— Les *Méditations poétiques* d'Alphonse de Lamartine, bien entendu ! s'écria François.

— Si je devais ne conserver qu'un seul ouvrage, ce serait celui-ci.

Les œuvres poétiques d'Alfred de Musset et d'Alfred de Vigny tiendraient compagnie à celles d'Alphonse de Lamartine sur la première étagère derrière le fauteuil de Philippe Gramont. Puis, les romans du grand poète ainsi que les œuvres de Théophile Gautier et de Guy de Maupassant, toutes publiées dans des collections reliées avec goût. Philippe indiquait à François les endroits précis où il convenait de placer les ouvrages. Ce dernier compulsait tel ou tel livre avant de le ranger. Il tomba sur le poème *Premier sourire de printemps* de Théophile

Gautier et lut à voix haute le premier puis le dernier quatrain :

— « *Tandis qu'à leurs œuvres perverses*
*Les hommes courent haletants,*
*Mars qui rit, malgré les averses,*
*Prépare en secret le printemps*

*(...)*

*Puis, lorsque sa besogne est faite,*
*Et que son règne va finir,*
*Au seuil d'avril tournant la tête,*
*Il dit : "Printemps, tu peux venir !"* »

— Nous y sommes ! s'écria Philippe.

— Déjà avril qui vient, répliqua François. J'irai bientôt chercher des cerisiers pour les planter au jardin. Ils seront en fleurs. En début de saison, j'aurai un large choix.

— Merveilleux ! s'exclama Philippe.

Ce fut enfin au tour des *Essais* de Montaigne en plusieurs volumes de venir garnir la bibliothèque.

— Que de souvenirs me reviennent en voyant ces livres, confessa François. Au départ, je souhaitais faire des études de Lettres et des études artistiques.

— Pourquoi ne pas l'avoir fait ? s'enquit Philippe.

— J'ai été mal dirigé.

— Ce que vous faites est artistique, objecta Philippe en guise de réconfort.

— Oui, si l'on veut...

— J'ai pu voir grâce à vos maquettes que vous aviez un bon coup de crayon.

– J'ai parfois le sentiment d'un immense gâchis.

– Ne pensez pas ainsi. Il y a une raison pour laquelle vous deviez emprunter ce chemin. La raison vous échappe peut-être pour le moment mais cela ne veut pas dire qu'elle n'existe pas, expliqua Philippe avec bienveillance. Retenez bien ce qu'a dit Michel de Montaigne... Attendez, ce doit être là, dit-il tout en consultant le troisième volume des *Essais* où de nombreux marque-pages avaient été placés. Voilà, reprit-il : « *Nous sommes de grands fous : Il a passé sa vie en oisiveté, disons-nous ; je n'ai rien fait d'aujourd'hui. – Quoi, n'avez-vous pas vécu ? C'est non seulement la fondamentale, mais la plus illustre de vos occupations. – Si on m'eût mis au propre des grands maniements, j'eusse montré ce que je savais faire. – Avez-vous su méditer et manier votre vie ? Vous avez fait la plus grande besogne de toutes. Notre grand et glorieux chef-d'œuvre, c'est de vivre à propos* ».

– L'essentiel est donc de vivre sa vie, répliqua François songeur.

– Montaigne ajoute : « *Inutile de chercher le bonheur dans une quelconque vérité à atteindre, tout ce que nous pouvons faire c'est vivre ce qui est là, y compris le loisir* ». Et il termine par ces mots que je vous avais déjà cités : « *La vie doit être elle-même sa visée* », souligna Philippe en regardant François, puis en fermant le livre qu'il lui tendit.

– Il faudra que je relise tous ces auteurs maintenant que le voile de l'enfance n'est plus. J'y verrai certainement plus de choses.

– À n'en pas douter. Mais ces lectures ont formé votre jeune esprit à l'époque et c'était fondamental.

Vous ne seriez pas celui que vous êtes aujourd'hui sans cela. Vous devriez relire Montaigne. Les principes essentiels ne lui échappaient jamais. Nul besoin de commencer de la première page des *Essais* pour finir à la dernière. Vous pouvez ouvrir un volume et en lire un chapitre, et ce quand bon vous semble. Tenez, le troisième volume que je viens de compulser. Dans ses *Essais*, Montaigne évoque très souvent, et avec beaucoup d'affection, la nature qu'il voit comme une mère nourricière ; mère nature est alors assimilée à Dieu. Il faut se rendre compte qu'à son époque, c'était osé. Montaigne voit l'homme en protégé de la nature bienfaisante et pour laquelle il devrait avoir de la reconnaissance. Il y a une sorte de vénération de la nature chez Montaigne car son immensité lui révèle sa petitesse ; l'homme apparaît, selon son expression, comme « *le trait d'une pointe délicate dans l'univers* ».

– C'est le sentiment que j'ai eu sur la plage…

– La contemplation de la nature est l'un des ingrédients qui peut nous mettre sur la voie, comme peuvent l'être la peinture, la danse, car cela nous permet de nous abandonner à l'instant présent, en notre calme intérieur, à l'instar de la méditation. En appréciant ses beautés, la nature apaise notre esprit, enivre nos sens et nous convie en ce précieux instant présent, dévoilant ainsi la quintessence de la sérénité. La contemplation fait taire notre mental qui n'est qu'un outil qu'il convient de déposer une fois la tâche accomplie, expliqua Philippe qui semblait petit à petit gagner en vitalité.

– Il est vrai que notre mental nous assaille de pensées souvent peu inspirantes.

— Le lâcher prise ! Il faut se délester de l'ego, se défaire des dogmes comme des pensées perturbatrices. Je vous avais parlé de l'importance de l'amour, la dernière fois. En plus d'être pleinement dans l'amour et la bonté, nous devons accueillir en nous la joie et ressentir de la gratitude. C'est très important. Les chiens réalisent cela à merveille ; ils sont dans l'amour, la compassion, la joie et la gratitude.

— C'est vrai... Ce sont donc des maîtres de sagesse, reconnut François. C'est très bouddhiste ce que vous présentez là, ajouta-t-il.

— En effet, mais cela n'a rien à voir avec la religion bouddhiste. On peut tout à fait suivre ces préceptes de sagesse qui ouvre le chemin vers l'Éveil, sans pour autant devenir un moine bouddhiste qui va s'adonner aux rituels religieux. En s'affranchissant de l'ordre du temps, en se livrant tout entier à l'instant présent, notre essence primordiale se révèle, baignée de quiétude et d'allégresse. Nous laissons alors entrer, avec une simplicité déconcertante, une joie d'une profondeur insondable dont l'intériorité n'est autre que la Conscience. Soudain, le calme nous étreint et nous ne sommes plus que notre essence première, immuable, éternelle.

— Est-ce aussi facile ? J'imagine que l'on doit suivre l'enseignement d'un Maître ?

— Les quelques recommandations que je viens de vous donner suffisent. Il n'est d'enseignement menant à l'Illumination car nous ne pouvons atteindre l'éveil spirituel avec le mental. Seule notre conscience le peut. Il s'agit de retrouver la nature véritable qui est en chacun de nous afin d'atteindre cet état de quiétude absolue, de plénitude et d'unité avec le Tout. Dans la quête de la sagesse, nous cheminons seuls, à l'instar de Siddhârta, le Bouddha.

Philippe s'aperçut que François restait interdit. Aussi crut-il bon de préciser sa pensée.

– Laisser la quiétude de la nature nous envahir, s'adonner à la contemplation, méditer, visualiser ou sentir la vitalité qui parcours notre corps, caresser son chien et sentir son amour inconditionnel et l'Unité se révèle alors à nous. À ce sujet, Marcel Proust écrivait : « *On ne reçoit pas la sagesse, il faut la découvrir soi- même, après un trajet que personne ne peut faire pour nous, ni nous épargner* ».

– Je ne savais pas que Marcel Proust s'était intéressé à cela.

– Non seulement s'y intéressa-t-il mais il reçut trois signes qui le menèrent à l'extra-temporalité. La félicité fut telle qu'il renonça aux futilités pour mener une vie recluse et s'adonner à l'écriture qui fut, pour lui, le moyen d'entretenir cette allégresse en saisissant les profondeurs de son être. Ce faisant, et donc hors du temps, il atteint alors une égalité d'âme en se convertissant à un essentiel. Les principes fondamentaux révélés par Proust sont le bonheur et la vie spirituelle, recherche de toute une vie.

– J'ignorai cela, avoua François.

– Marcel Proust s'est éteint tel en son œuvre, avec cette délicatesse et cette discrétion, sans quitter de ses doux yeux d'or ourlés de grands cils son frère, le Docteur Robert Proust, et sa fidèle gouvernante Céleste Albaret, laquelle rapporta qu'elle ne lui connut jamais aucune colère. À la manière des moines bouddhistes qui sentent venir la mort et s'y préparent voire même s'y plongent, Marcel se déroba aux souffrances corporelles l'œil vif, sans un mot, sans un geste, sans un râle, sans un soupir et glissa du côté de chez Dieu.

– Un être d'exception, assurément, commenta François.

– Tenez, voici les volumes *d'À la recherche du temps perdu.* Mettez-les de ce côté-ci, si vous le voulez bien, montra Philippe.

François prit les volumes avec délicatesse.

– Je ne vais plus savoir que lire.

– Ne vous encombrez pas trop l'esprit et ne voulez pas aller trop vite. « *Une tête bien faite vaut mieux qu'une tête bien pleine* », disait Montaigne qui reprenait ainsi Plutarque. Il faut lire et méditer ce qu'on lit. Savez-vous que Michel de Montaigne, qui avait une grande bibliothèque et dont l'érudition était immense, se méfiait de la connaissance purement livresque. Ainsi, il écrivait : « *Savoir par cœur, ce n'est pas savoir* ; *c'est conserver ce que l'on a confié à sa mémoire* », ou encore : « *Médiocre connaissance que des connaissances purement livresques. Tout ce qui s'offre à nos yeux peut servir de livre. Le gain de notre étude est de devenir meilleur et plus sage* ».

– Lire ces paroles est tout de même intéressant, souligna François, un peu taquin. Les quelques taches de rousseur de son visage semblaient apparaître de manière plus affirmée lorsqu'il plaisantait, lui donnant un air mutin.

– Oui, répondit Philippe les yeux rieurs, mais cela n'est pas contradictoire. Dans ses *Essais*, Montaigne nous enseigne le fruit de son expérience personnelle. Il estime que ceux qui vivent près de la nature sont plus à même de répondre aux interrogations essentielles que nous nous posons, comme celle sur l'amour. En fait, Montaigne se méfie des idées reçues, des dogmes et des codes de la société.

– Quel penseur ! s'exclama François qui voyait avec joie que le vieil artiste avait recouvré des forces.

– L'éveil spirituel nous détourne de toutes les conventions imposées par la société car notre point de vue diverge alors radicalement des lieux-communs et de la pensée se voulant dominante. De même, il nous libère de la crainte du jugement des autres qui sont dans l'ignorance et ne veulent en aucun cas remettre en cause ni leurs préjugés, ni la réalité que leurs egos ont créée, quitte à engendrer une inversion des valeurs. Nous comprenons désormais que l'être humain n'est pas un être supérieur, titre qu'il s'est lui- même arrogé afin de disposer des autres espèces. Notre discernement nous révèle que les buts futiles auxquels l'homme aspire, comme la richesse, le pouvoir, la reconnaissance de ses pairs, sont insignifiants. L'illumination nous permet de réaliser que les événements qui se manifestent dans notre vie, qu'ils soient bénéfiques ou dommageables en apparence, ne constituent pas des coïncidences. Chaque épreuve est alors perçue comme une opportunité d'évolution spirituelle. Dès lors, la perspective de la mort ne nous ébranle plus, car nous savons que les âmes sont immortelles et que nous serons réunis, de toute éternité, avec les êtres aimés. Enfin, cette expérience spirituelle nous persuade de la présence du Divin et de l'unité du grand Tout que nous rejoindrons, en quittant cette incarnation, par la pleine présence de notre conscience.

— Ce doit être merveilleux...

— Lorsque l'on vit cette expérience, toutes nos interrogations sont dissipées et nous avons le sentiment que plus rien ne pourra nous faire souffrir. Seulement, cela ne dure pas et donc, un jour ou l'autre, nous ne sommes pas épargnés pas la peine et le chagrin. Néanmoins, nous savons que cet état existe et que nous le retrouverons.

— J'espère connaître cela un jour, avoua François.

— Si je devais énoncer quelques recommandations, au risque de me répéter, ce serait d'être pleinement dans l'amour, la bonté, la joie et la gratitude, de s'abandonner au présent en son calme intérieur, de se délester de l'ego, ainsi que de se défaire des dogmes et des pensées perturbatrices. La contemplation de la nature, l'écriture, la peinture, la danse, comme toute activité artistique, nous enracine dans le présent et, ce faisant, nous libère, tout comme l'acte d'aimer et de passer instant présent après instant présent aux côtés de ceux qui nous sont chers, dans la conscience du bonheur qui nous est offert. Nous pouvons alors dispenser amour, bienveillance, compassion, félicité et harmonie. Voyez-vous, les plaisirs successifs ne sont pas le bonheur. Schopenhauer nous enseignait que pour nous libérer du cycle infernal du désir qui est souffrance et de l'ennui lorsqu'un désir est satisfait, était la contemplation esthétique. J'espère avoir apporté à quelques uns une certaine libération avec mes tableaux.

– Je dois avouer que lorsque je suis en votre compagnie, je me sens bien, confessa François qui s'étonna lui-même d'ouvrir ainsi son cœur, ce qui n'était pas dans ses habitudes. Et vos œuvres, à n'en pas douter, sont propices à la contemplation.

– Vous m'en voyez ravi. Vous savez, certaines rencontres ne sont pas le fruit du hasard, dit Philippe, dont le ton était empreint de sagesse. Elles vous dirigent dans une certaine direction et parfois vous permettent de faire d'autres rencontres...

François accueillit ce propos avec une certaine euphorie.

– Voilà, tous les volumes de *À la Recherche du temps perdu* sont placés, déclara le paysagiste.

– Comprenez que *La Recherche* est dominée par la distinction entre la mémoire involontaire et la mémoire volontaire, révéla Philippe. Selon Proust, la mémoire volontaire ne nous offre pas la véracité des souvenirs. Au contraire, la mémoire involontaire, qui survient grâce à une saveur ou une odeur, nous révèle combien le passé était différent de ce que nous croyions nous en rappeler. Elle nous en donne l'essence extratemporelle. Et voilà *Le temps retrouvé.*

– J'avais grandement apprécié le style de Proust et sa sensibilité, lorsque je l'avais lu.

– Extrême sensibilité qui lui a permis d'écrire son œuvre en approfondissant ses impressions.

François regarda la fenêtre donnant sur le petit jardin. Certains bourgeons, gorgés de vitalité, semblaient prêts à éclore.

– Regardez ! Un petit rouge gorge vous rend visite, s'exclama François.

— Les graines auraient donc toutes été mangées ? Je vais devoir lui en redonner.

— Voulez-vous que je le fasse ? proposa François.

— Ce serait gentil. Le sac de graines est dans le cellier. Il y a plusieurs distributeurs de graines et d'eau dans le jardin.

François se hâta d'accomplir cette tâche. Ce faisant, le paysagiste aperçut Philippe qui l'observait par la fenêtre tandis qu'il remplissait délicatement les mangeoires. Il prit également soin de laisser quelques graines au sol devant la fenêtre. Une fois revenu dans le bureau, François avait le sourire.

— Je vous remercie, François. Il faut les aider. L'humain les a décimés.

— J'ai lu que plus de six cent millions d'oiseaux ont disparu en Europe en quarante ans. Enfant, je voyais de nombreux moineaux. Il n'y en a pratiquement plus aujourd'hui.

— Hélas ! Quelle tristesse.

— Toute cette faune qui peine à vivre de nos jours. Et l'on connaît le coupable...

Philippe fit un signe de triste approbation.

— Tenez, voilà *Le Discours de la servitude volontaire* d'Etienne de la Boëtie. Mettez-le à côté des *Essais* de Montaigne, ainsi les deux amis seront réunis.

François s'empara du livre.

— Je ne l'ai jamais lu.

— La Boëtie – qu'il faut prononcer La Boatie - nous dit : « *Soyez donc résolus à ne plus servir et vous serez libres* ». Quelle force de pensée pour un si jeune homme. On comprend pourquoi Montaigne fut son ami.

– Comment développe-t-il cela ?

– La servitude est volontaire sinon, comment pourrions-nous expliquer qu'un si grand nombre de citoyens obéissent servilement à un si petit nombre ?

– La crainte ?

– Pourquoi craindre un seul tyran lorsque l'on est nombreux contre lui ? La Boëtie explique que l'amour de la servitude s'est substitué au désir de liberté. Pire que la résignation, il s'agit de servitude en plein consentement. C'est le peuple qui délaisse la liberté ; le tyran n'a même pas besoin de la lui prendre. La domination ne tient que par le consentement des dominés.

– Mais pourquoi un tel avilissement ?

– La Boëtie en expose les raisons. Tout d'abord, les loisirs endorment le peuple à l'instar des superstitions. Enfin, certains sujets se mettent au service de la tyrannie par cupidité, ou pour gagner des honneurs, ou bien encore pour se voir offrir la possibilité d'exercer eux-mêmes une domination. Ces courtisans, ces collaborateurs, sont les complices de la tyrannie.

– L'humain n'a pas changé depuis tout ce temps.

– Sans le soutien actif du peuple, les tyrans n'auraient aucun pouvoir. La désobéissance passive suffit à briser les chaînes de la domination, nous dit La Boëtie. Il convient de sortir de l'habitude de servir. *« Soyez résolus de ne plus servir et vous voilà libres ».*

– George Orwell a étudié et décrit les mécanismes de la dictature.

– Oui, en effet, en prenant pour exemple l'Union soviétique.

Les livres passaient des mains de Philippe aux mains de François. Les étagères de la bibliothèque se remplissaient peu à peu. La collection dite Budé des textes grecs et latins occupait un rayonnage entier. Vinrent s'ajouter à elle les ouvrages de philosophes comme Voltaire, Emmanuel Kant ou Arthur Schopenhauer. François affectionnait l'ambiance feutrée de ce lieu où la lumière se réfractait sur les vitraux et jouait allègrement avec les couleurs du tableau de l'artiste peintre. Les effluves des diverses essences de bois flottaient, telle une fragrance dans un boudoir, se mêlant à l'odeur de vanille et d'amande si caractéristique des vieux livres fabriqués à base de cellulose et de lignine. Alors qu'il perdait son regard dans le jardin où, sous les timides rayons d'un printemps balbutiant, virevoltaient à présent rouge- gorge et mésanges, monta en son cœur un sentiment familier, une douceur de vivre qu'il avait connue, jadis, lorsqu'enfant il rendait visite à sa grand-mère. Alors, l'indolence et l'insouciance qui étaient siennes engendraient en son cœur une joie légère. Il vivait, libre, en ce petit jardin, sous le regard attendri de son aïeule qui lui préparait de merveilleuses collations. L'absence de tourment, la tendresse, les gâteries et ce sentiment de sécurité absolue que le jeune François avait connus lui semblaient, à présent, tout aussi palpables que lointains. Il fut ému en se remémorant sa gentille grand-mère, sa bonté, sa bienveillance, son indulgence et son indéfectible affection.

– Il manque la musique. Voudriez-vous la lancer ? demanda avec douceur le vieil homme.

François sortit de sa torpeur et reçu cette demande comme un signe de confiance. L'artiste lui permettait de circuler librement dans la maison, de manipuler ses précieux livres et, à présent, ses disques. Il passa dans le salon et s'exécuta. Des cascades de notes légères accompagnées de triolets audacieux se répandirent tandis que le paysagiste rejoignait la bibliothèque.

— Il avait faim, souligna Philippe qui regardait le petit rouge-gorge picorer devant la fenêtre. Il vient réclamer son repas tous les jours, précisa-t-il.

— Le petit a l'air familier. Lorsque vous le souhaiterez, je préparerai le déjeuner, proposa François.

Philippe Gramont regarda sa montre.

— Que le temps passe vite en votre compagnie. Il est déjà l'heure. Finissons ce carton avant de passer à table. Nous continuerons ensuite, si vous le voulez bien.

— Avec plaisir, répondit François qui ne se lassait pas de cette ambiance littéraire.

— Voici Gustave Flaubert et voici Honoré de Balzac, s'exclama Philippe en empilant des ouvrages dans ses mains avant de les passer à son bibliothécaire d'un jour. Je vous conseille de lire *Les illusions perdues* qui est un roman consacré à la vie littéraire de l'époque. Il semble que Balzac ait choisi Alphonse de Lamartine pour seul poète incarnant la nouvelle littérature ; son personnage s'appelle Lucien de Rubempré.

— S'il n'y en avait qu'un, ce devait être lui.

— Balzac a tout de même mis un peu de sa vie personnelle dans les événements qui touche le protagoniste. Dans le cycle de la *Comédie humaine* composé de nombreux romans, Honoré de Balzac eut l'idée du retour des mêmes personnages à différentes époques de leurs vies. Marcel Proust reprendra cela dans *La Recherche.*

— Je n'ai pas lu suffisamment Balzac pour m'en rendre compte. Je me souviens avoir dévoré *Le lys dans la vallée* et *Eugénie Grandet.*

— Dans *Jean Santeuil,* Marcel Proust fait dire à l'écrivain que « *la beauté n'est pas dans un livre, elle est dans l'ensemble* » ; Proust tenait pour plus divertissant le fait de lire au moins tout un cycle de ce grand peintre de fresques qu'était Balzac, car il pensait qu'un roman ne pouvait se lire isolément, contrairement à une nouvelle.

— Voilà encore de quoi nourrir mon esprit pour les années à venir. Mes lacunes sont abyssales, avoua François.

— Vous avez toute la vie devant vous. Et rappelez-vous les paroles de Montaigne... déclara Philippe en souriant et plissant les yeux. Voilà ! Ce carton est vide.

— Je vais m'occuper du déjeuner.

— C'est très gentil de votre part, remercia Philippe. Vous avez pitié du vieil homme...

— Rassurez-vous, ce n'est en aucun cas de la pitié. Puis-je me permettre de dire... de l'amitié ?

Les deux hommes échangèrent un sourire et gagnèrent la salle à manger où ils poursuivirent leurs discussions. La journée passa ainsi rapidement à finir de garnir la bibliothèque et à prendre le thé au salon.

– Je vais finir par me sentir chez moi, plaisanta François qui revenait au salon avec des biscuits pour accompagner le thé.

– Faites, faites, rétorqua Philippe accompagné d'un mouvement de la main, alors qu'il était confortablement assis dans le canapé.

François admirait la noblesse d'âme de cet homme qui lui avait déjà tant apporté depuis le peu de temps qui lui avait été donné de le connaître. Dès lors que le soleil faisait son apparition, les prunelles d'ambre de l'artiste flamboyaient, animées d'un feu ardent. Tandis qu'il écoutait Philippe Gramont, le regard du paysagiste s'attardait alentour, à la dérobée ; il considérait le voluptueux velours du canapé dont les chatoiements, tantôt ocres, tantôt mordorés, tantôt marrons, étaient semblables à ceux des ailes d'un papillon ; il appréciait les aplats de feuilles d'or des tableaux de l'artiste, flattés par les rayons de l'astre du jour ; il contemplait les éclats réfléchis par les minéraux ou par les précieuses lampes. François avait le sentiment de se trouver dans la maison de la lumière, au sens propre comme au sens figuré. La grande pièce de réception était dotée d'une élégance sans contrainte qui la rendait accueillante et chaleureuse. Les grands rideaux en satin mordoré déployaient leurs riches plis que retenaient des embrases de perles ambrées. Telles les draperies d'un théâtre s'ouvrant sur la scène en un somptueux tombé, ils encadraient magistralement la vue sur le parc et le ciel. François se sentait si bien qu'il abandonna toute inhibition.

– Selon vous, quel est le but de l'existence ? demanda-t-il, tout en tendant une assiette de biscuits à son hôte.

– L'amour ! répondit sans hésitation Philippe qui ajouta : Tisser des liens d'éternité.

— Mais encore ?

— Que voulez-vous de plus ? répliqua le vieil homme en riant. Il ne faut pas se refuser à l'amour. S'offrir aux sentiments est de la plus grande importance. Paul Valéry pensait que pour être heureux, il fallait faire sienne l'idée qu'il y a un temps pour la raison et un temps pour l'amour. « *Le cœur consiste à dépendre* », ajoutait-il.

— N'est-ce pas, alors, une emprise inacceptable ?

— Au contraire, c'est une grâce, une faveur qui nous est accordée, que de vivre pour l'autre. Il s'agit de la consécration de toute une vie. Encore faut-il que cet autre soit aimable… L'amour donne le sens le plus noble qui soit à la vie et nous permet d'atteindre une belle harmonie. George Sand disait : « *Il n'y a qu'un bonheur dans la vie, c'est aimer et être aimé* ». Il convient de cultiver l'amour bienveillant, souhaiter aux êtres chers sécurité, bonne santé, bonheur et paix.

— Et l'éveil spirituel ? osa François après quelques secondes de silence.

— Kierkegaard pensait que le dessein de l'existence était d'être soi, ou plutôt de devenir soi. Cela est essentiel mais insuffisant, à mon sens, et il ne faut jamais négliger les liens d'amour. Sinon que ferions-nous ici-bas puis dans l'au-delà ? Tout ceci n'aurait aucun sens. Saviez-vous qu'Alfred de Vigny avait souhaité écrire des poèmes, des pièces et des romans philosophiques ? Il était passé d'une philosophie de l'être à une philosophie de la relation. Musset abondait en ce sens lorsqu'il disait : « *Je ne sais où va mon chemin, mais je marche mieux quand ma main serre la tienne* ».

— Une vie réussie serait donc une vie emplie d'amour ?

— Bien entendu. Il y a plusieurs ingrédients à la réussite. En premier lieu, l'amour que l'on donne et celui que l'on reçoit. Je m'accorde avec l'idée de Spinoza selon laquelle l'amour est une joie accompagnée de l'idée d'une cause extérieure. Ensuite, être en lien avec son âme, ce qui apporte une certaine sérénité, une plénitude qui permet au bonheur d'aimer et d'être aimé de s'épanouir en nous. Savoir que nous avons notre place dans l'univers engendre en nous une belle harmonie. Enfin, dans la matérialité des choses, car nous ne pouvons, hélas, nous en extraire en permanence, s'adonner à une activité que l'on aime et prendre le temps de vivre et d'apprécier les instants qui s'offrent à nous. Mais tout cela n'est possible que si l'on habite le présent et si l'on a vaincu ses peurs.

— Vous avez donc réussi votre vie.

— J'ai eu ce bonheur, en effet. Ma vie aura été ma plus belle œuvre d'art.

— Un bonheur mérité, estima François.

— Je l'espère.

— Sans aucun doute.

— Vous aussi le méritez, affirma Philippe en regardant François dans les yeux.

— Je l'espère, répondit François en souriant timidement.

Les deux hommes s'amusèrent de cet échange.

— Que d'espérances ! apprécia en riant Philippe, avant de se perdre un instant dans ses pensées. Puis, il reprit : Sur le fronton de la chapelle abritant sa tombe, Alphonse de Lamartine voulut que fût gravé ce psaume : *Speravit anima mea*, c'est-à-dire : mon âme a espéré.

— C'est très beau.

— Il s'agit de l'une des prières pour les morts dans la tradition chrétienne. Les derniers instants d'Alphonse de Lamartine sont à la mesure de ce qu'il fut. À la fin de son existence, le poète fut victime d'une attaque qui le laissa à peu près inconscient. De sa vie, il ne voulut jamais que les volets de sa chambre fussent fermés car il aimait à admirer la voûte constellée. En cette nuit du 27 au 28 février 1869 où il était alité, ayant perdu pleine connaissance depuis des jours, il ouvrit soudainement les yeux, tourna son visage vers la fenêtre et, le regard plongé dans la nuit étoilée, rendit son dernier souffle.

— Poète jusqu'à la fin, conclut François qui appréciait le langage de Philippe Gramont lorsque celui-ci se laissait emporter par son contenu, rejoignant ainsi l'expression écrite.

— Son regard se porta vers l'infini que son âme rejoignit, ponctua Philippe alors qu'il contemplait le parc par les grandes fenêtres du salon.

— « *Alors ces globes d'or, ces îles de lumière,*
*Que cherche par instinct la rêveuse paupière,*
*Jaillissent par milliers de l'ombre qui s'enfuit,*
*Comme une poudre d'or sur les pas de la nuit ;*
*Et le souffle du soir qui vole sur sa trace*
*Les sème en tourbillons dans le brillant espace.*
*L'œil ébloui les cherche et les perd à la fois ;* (...) »,
déclama Philippe avec force émotion. Etc... etc...

continua-t-il. Il s’agit du poème *Les Etoiles* d’Alphonse de Lamartine.

— Éblouissant !

François admirait la manière dont Philippe donnait vie aux écrivains, les gravant ainsi en sa mémoire. Ils n’étaient plus de simples noms désincarnés imprimés sur des livres, mais des personnages vivants dotés d’un caractère, d’une personnalité et d’une histoire ; si vivants que François avait le sentiment de les avoir connus, ce qui faisait immanquablement naître en lui un affectueux attachement.

Alors que Philippe Gramont raccompagnait son hôte qui prenait congé, il s’arrêta et se tourna vers lui :

— Vous n’avez pas encore trouvé votre ou vos âmes sœurs, je me trompe ?

— Vous avez deviné, avoua François. Peut-être que le hasard fera en sorte que nos chemins se croisent un jour.

— Le hasard n’existe pas, rétorqua Philippe péremptoirement. De même, il n’est pas de coïncidences. Albert Einstein disait : « *Le hasard, c’est Dieu qui se promène incognito* ». D’aucuns diront que le hasard est le fruit de plusieurs déterminismes. Je pense personnellement que les âmes sœurs se croisent fatalement un jour. Cela étant dit, il convient d’être ouvert à cette idée, de savoir les reconnaître lorsqu’elles paraissent et surtout, de ne pas les laisser s’envoler ... expliqua l’artiste peintre en regardant le paysagiste droit dans les yeux. L’amour véritable d’éternité lie les âmes, ici-bas et au-delà, ajouta-t-il les yeux embués d’émotion.

— Le destin… murmura François, pensif.

— Vaste question. Existe-t-il un fatum, une prédétermination partielle ou totale ? Nombreux furent ceux qui réfléchirent à cette interrogation. Vous connaissez la formule de Jean de La Fontaine : « *On rencontre sa destinée souvent par les chemins que l'on prend pour l'éviter* », dit Philippe, les yeux rieurs. Destin ou pas, encore faut-il saisir l'opportunité lorsqu'elle s'offre à vous… déclara-t-il.

— Forcer le destin, voulez-vous dire ?

— Non, plutôt l'accueillir à bras ouverts. Je crois que l'on vous ouvre des portes dans la vie et qu'il convient d'en franchir le seuil au moment où elles se présentent. Autrement dit, il ne faut pas rester sur le pas de la porte entrebâillée. Ne pas décider pour soi-même revient à laisser la porte se refermer.

François sourit timidement à Philippe.

— Encore faut-il ressentir que ce sont nos âmes sœurs…

— Écouter son cœur, entendre son âme, expliqua Philippe avec douceur. Mon garçon, il faut y croire. Suis les conseils d'un vieil homme. Imagine que ton souhait est exaucé en éprouvant de la gratitude. Ton rêve se réalisera alors. Peut-être pas aujourd'hui, le temps est insondable, mais certainement un jour. Visualise, visualise, visualise et ce, toujours dans la gratitude, exhorta l'artiste en tapotant l'épaule du paysagiste tandis qu'il le raccompagnait. Pour savoir où nous allons, il convient de savoir d'où nous venons, conclut Philippe Gramont.

François n'avait pas immédiatement réalisé que Philippe l'avait tutoyé, car cela s'était fait naturellement.

Sur le chemin du retour, il se remémora leurs échanges. Un souffle nouveau l'habitait, des certitudes se dessinaient. Germait en lui quelque espoir, s'éveillait en lui quelque rêve. Non pas un espoir vain, non pas un rêve condamné à ne rester qu'un songe, lesquels engendreraient inévitablement des désillusions ; mais un espoir et un rêve qui dessinaient de nouvelles perspectives d'existence, qui lui proposaient de nouveaux desseins, une ambition différente. La confiance retrouvée, François s'enracinait en ce monde, tout en libérant son esprit de la matérialité des choses. Peu à peu, il gagnait sa place entre terre et ciel.

# Chapitre IV

C'était l'époque où le printemps ne s'épanouissait pas encore pleinement mais où la promesse de jours richement fleuris exaltait les cœurs. Cette simple certitude suffit à réjouir l'esprit de François, un esprit désormais libéré de l'étau qui l'avait contraint, durant toutes ces années, à accepter une tristesse ordinaire et une désespérance familière. La nature avait, un temps, été son refuge, puis ne lui était plus apparue comme telle au fil des années. Comment avait-il pu se lasser de ces merveilles, se demanda-t-il. Le monde lui semblait aujourd'hui plus beau. Les espoirs, que ce long hiver avait ternis, renaissaient à présent. Kermadec regardait les toutes jeunes pousses d'un vert tendre comme s'il n'en eut jamais vues auparavant. La floraison blanche teintée de rose des pruniers sauvages bordant les routes suscitait en lui une allégresse nouvelle. Le miracle de la renaissance de la nature transportait son âme. Alors qu'il conduisait, il vit un bouquet d'arbres délicatement parsemé de vert, à l'image d'une peinture pointilliste, tandis que d'autres espèces se paraient déjà de petits éventails feuillus qui ne demandaient qu'à se déployer plus avant.

Le paysagiste arriva en avance au domaine de Beauregard afin de pouvoir accueillir électriciens et jardiniers. Dès qu'il y pénétra, François fut saisi par le spectacle merveilleux qu'offrait à présent le grand parc : une profusion de fleurs ornait de grands arbres, comme apposées par quelque enchantement. Les graines de vie s'étaient éveillées et s'appliquaient à consacrer toute leur force à célébrer le printemps. Kermadec contempla longuement ces beautés avec une candeur toute nouvelle et n'en fut détourné qu'à regret par sa conscience professionnelle. Kermadec déchargea alors de son camion les lampes destinées au parc qu'il avait pris soin de récupérer au préalable. Puis, il sortit celles qui éclaireraient le jardin d'agrément avant de se diriger vers la demeure. Lorsqu'il entra dans la maison, il fut accueilli par les notes enchantées de Claude Debussy. Il trouva Philippe Gramont dans le salon, encore vêtu d'une robe de chambre en velours, occupé à feuilleter un album.

– Bonjour Philippe. Alors, comme cela, vous faites des infidélités à Chopin ?

– Ah bonjour, mon cher François, répondit l'artiste. J'ai senti que l'onirisme de Debussy était de mise aujourd'hui. Tu es bien matinal, dis-moi.

– Je voulais m'assurer d'être là avant l'arrivée des électriciens et des jardiniers pour que cela ne vous importune pas.

– Je te remercie d'être si obligeant, répondit le vieil homme tandis qu'il se levait difficilement du canapé. Voudrais-tu une tasse de thé ?

– Ce serait avec grand plaisir mais je crois entendre un camion. Je vais aller déposer les lampes dans le jardin et accueillir les ouvriers.

– En ce cas, il me faut vite me préparer.

– Prenez votre temps, je m'occupe de tout.

– Je te remercie, François.

Le paysagiste s'empressa d'accueillir les élagueurs et de leur donner de précises indications pour émonder minutieusement les branches choisies. Philippe Gramont se tenait à sa fenêtre, d'où il observa la coupe méticuleuse de Victor, et ne quitta son poste d'observation que lorsque celle-ci fut terminée et qu'il fût lui-même rassuré. De main de maître, François donnait des ordres précis pour dégager telle ou telle perspective et débarrasser les arbres de leurs bois morts sans trop couper dans leur masse. Il faudrait attendre que les feuilles soient pleinement développées pour les traiter contre d'éventuels parasites qu'il conviendrait de déterminer alors.

La matinée fut également consacrée à l'installation du système d'éclairage sous la direction de François Kermadec qui avait délimité avec soin les emplacements de chacun des réverbères du parc et de chacun des potelets du jardin. Les premiers, à la patine bronze doré, étaient dotés de trois lanternes en verre, tandis que les seconds conservaient le même style et la même patine mais dans des dimensions plus modestes. Fut également installée dans le petit jardin la belle fontaine de pierre de style Médicis à trois niveaux, ce qui avait nécessité des travaux de maçonnerie et de plomberie réalisés par l'entreprise ayant fourni la fontaine : installation d'une dalle, d'une pompe dans un regard à l'extérieur de la fontaine avec tuyaux d'aspiration, de refoulement et de vidange du bassin. François avait également fait appel à des spécialistes afin d'aménager des points d'eau ainsi qu'un système d'arrosage automatique dans le parc comme dans le jardin d'agrément.

Philippe Gramont, ragaillardi par l'avancée des travaux, avait préparé un rapide déjeuner pour le paysagiste qui devait s'occuper du petit jardin durant l'après-midi.

— La fontaine rend bien, n'est-ce pas ? Les réverbères et les lanternes vous plaisent ? s'enquit Kermadec.

– Oui, ils sont semblables à l'idée que je m'en étais faite sur catalogue. Très beau rendu. La fontaine s'accorde parfaitement au romantisme du jardin.

– Vous avez bien choisi, répondit François en terminant son assiette.

– Au fait, j'ai une petite surprise pour vous. Venez voir, ajouta-t-il en quittant la table.

Le paysagiste montra fièrement à Philippe Gramont des lanternes murales que les électriciens avaient placés sur les murs extérieurs de la demeure côté parc et côté jardin.

– Comme j'ai bénéficié d'une remise sur les réverbères, je me suis permis de prendre ces lanternes murales qui sont assorties. Je m'étais aperçu que celles de la maison étaient très abîmées.

– C'est une très gentille attention, reconnut Philippe qui semblait touché. Je me disais justement que j'avais oublié de t'en parler. Veux-tu un dessert ? proposa le vieil homme.

– Ce serait avec plaisir, mais je ne pense pas avoir le temps car les jardiniers arrivent, répondit François à contrecœur.

– Nous avons à peine pu échanger, regretta l'artiste.

– Nous en aurons l'occasion bientôt. C'est aujourd'hui la journée la moins agréable car nous nous occupons du gros œuvre, en quelque sorte.

Cet après-midi-là, Philippe Gramont put voir avec quel professionnalisme François dirigeait l'équipe de jardiniers. Il fit ainsi enlever les treillis délabrés, déterrer les arbustes morts, retourner la terre, étaler du terreau, placer des pas japonais, essaimer les graines de pelouse dans la serre comme au jardin avant de les arroser. Ce fut ensuite au tour des plates-bandes devant la maison d'être bêchées, ainsi qu'à la vieille pelouse du parc et ses abords. Kermadec réserva alors des massifs en forme de « S » où furent versés du terreau et, à certains endroits, des graines de fleurs champêtres. Enfin, chaque côté du portail fut préparé à recevoir fleurs et arbustes également.

Le travail terminé, le paysagiste vint trouver Monsieur Gramont qui admirait l'avancée des travaux depuis la porte d'entrée.

— Sacrée journée ! s'exclama le vieil homme.

— Oui, c'est le travail de préparation qui est le moins plaisant, mais néanmoins nécessaire.

— Ton équipe travaille vite et bien sous ta houlette.

— Je vous remercie. C'est un plaisir de savoir que ce lieu va être magnifique. Comme vous le voyez, j'ai besoin d'une bonne douche et de changer de vêtements

— Je comprends, tu dois être fatigué, concéda Philippe.

— D'ici peu, vous aurez le plaisir de voir des merveilles. Nous aurons le temps de déjeuner ensemble lorsque nous viendrons faire les plantations.

— Parfait, parfait. Je te remercie pour tout, François.

— Vous allez assister à une grande transformation. Ce sera très plaisant en mai et juin.

— Splendide ! Prends un repos bien mérité, répondit l'artiste.

— Je vous remercie. Je serai bientôt de retour, Philippe.

– À très bientôt, cher François.

Ce soir-là, le paysagiste se coucha de bonne heure et glissa dans un sommeil empli de rêves. Les jours suivants furent fastidieux pour François qui n'avait qu'une hâte, retourner au domaine de Beauregard. Mais il lui fallait honorer d'autres engagements en cette fin avril. Passés ces jours de labeur, le premier mai lui offrit le repos nécessaire avant l'embellissement de Beauregard.

Lorsqu'il commença doucement à s'éveiller le matin suivant, l'esprit de François était nimbé d'un songe où le jour se frayait un chemin entre les rainures de persiennes. Il était chez sa grand-mère, dans cette maison où, jadis, il passait ses vacances. Le cœur heureux et apaisé, il ressentit cet enthousiasme enfantin encouragé par la promesse d'une nouvelle journée où, libéré des contraintes habituelles, il y aurait tant à faire et tant à découvrir. Il aurait presque pu entendre le cliquetis rassurant de la vaisselle et sentir les odeurs du petit-déjeuner que son aïeule lui préparait avec amour, le laissant prolonger son repos, jusqu'à la dernière minute, en ce lit douillet comme un cocon. Il lui fallut du temps avant de comprendre qu'il venait d'abandonner un doux songe. Peu à peu, il prit conscience du lieu où il se trouvait ; non pas chez son ancêtre regrettée, mais dans cette maison impersonnelle qui lui paraissait inconnue et hostile. Il dut faire un effort afin de s'orienter dans la pièce où la pénombre avait remplacé le doux rayonnement de son rêve. Il s'étonna que la réalité n'ait pas influencé ce songe, comme cela était souvent le cas ; aucune source de lumière n'avait inspiré ces rayons pénétrant l'obscurité pour stimuler son éveil. Le sentiment de bonheur, à présent perdu, laissa place au chagrin. Il se remémora le décès de sa grand-mère adorée, lequel l'avait couvert d'un voile de tristesse jamais levé depuis. Puis, François revint au présent et se rappela de quelle journée il s'agissait. L'effervescence de son esprit finit de l'éveiller pleinement. En pensant à Beauregard, il fut de nouveau plein d'allant, et l'affliction engendrée par la perte du sentiment d'allégresse vécu en songe vint à s'évanouir. Il trouvait, en ce domaine, aux côtés de Philippe Gramont, un peu de l'entrain et du contentement serein qu'il avait connus jadis auprès de son aïeule. De son vivant, cette dernière avait cette aura qui imprégnait les lieux de sa présence chaleureuse et bienfaisante, animant de vie tout ce qu'elle regardait ou touchait. La richesse de son existence avait tenu en sa grande générosité, toujours prodiguée avec bienveillance. Les tentatives de prolonger le sommeil furent vaines, aussi François prit-il la décision de se lever alors qu'il faisait encore nuit. Kermadec passa dans la salle de bain, avant de prendre une rapide collation.

Mû par l'exaltation de la journée à venir, il décida de quitter son domicile, prit la route et gagna les abords de la pépinière. François contempla la douce clarté de l'aurore, dont la lueur indolente chassait les ombres de la nuit. Avant peu, une nue d'or pâle affleura l'horizon et mêla sa flamme au rose des cieux. Au voile argenté de la nuit succédait ainsi le fourreau d'or du jour. Kermadec fut ébloui par le bonheur que lui procurait la prodigieuse apparition de l'astre. Un sentiment de tendresse infinie parcourut son cœur, et il le reçut avec gratitude. La fraîcheur du point du jour le faisait frissonner tout en revigorant son esprit ; il décida, enfin, de sortir son thermos pour se réchauffer avec une tasse de thé. Il réfléchit alors à ce qu'il souhaitait réaliser au domaine de Beauregard. Comme il eut aimé admirer l'aurore depuis ce splendide lieu. Les phares d'une voiture le tirèrent enfin de cette rêverie éveillée. Un homme descendit du véhicule et vint à lui. Le paysagiste reconnut le pépiniériste.

— Bonjour, François. Vous êtes tombé du lit ?

— En quelque sorte, répondit François en serrant la main de l'homme. J'attends l'heure de l'ouverture de la pépinière.

— Entrez, puisque vous êtes là. Venez avec moi.

— C'est gentil, merci.

— Il va falloir attendre qu'il fasse un peu plus jour pour faire votre choix.

— Je vais déjà faire un tour.

François sortit les listes et plans de sa voiture.

— C'est un grand projet. Cela prendra du temps, expliqua-t-il au pépiniériste.

— Vous semblez motivé, à ce que je vois.

François lui retourna un sourire.

— Je passerai commande si je ne trouve pas tout ce qu'il me faut.

— Entendu. Je vous laisse faire votre choix. Nous avons déjà beaucoup de choses grâce au beau temps. Voilà pourquoi je suis ici de si bonne heure ! N'hésitez pas si vous avez besoin d'aide.

François, muni d'une lampe torche, commença à arpenter l'immense pépinière qui offrait une grande variété d'espèces et une qualité qui assurait une grande longévité aux plantes. Le paysagiste prit le temps nécessaire pour faire son choix, rassembler ses achats et passer commande. Il put ensuite charger son camion d'une partie des plantes. Les jardiniers passeraient prendre le reste avant de se rendre au domaine, quitte à faire plusieurs voyages. Tout se déroulait à merveille, pensa-t-il.

Lorsque le Kermadec arriva à Beauregard, les réverbères illuminaient encore l'allée principale bordée de peupliers, répandant sur le sable de l'allée des éclats d'or. Philippe était debout, pensa-t-il avant de l'apercevoir, déjà habillé, ouvrir la porte. François vint à sa rencontre.

— Bonjour, Philippe. Vous avez hâte de découvrir les merveilles à ce que je vois.

— Bonjour, François. En effet, je suis comme un enfant qui attend ses jouets. Te rends-tu compte, à mon âge ?

— Vous n'allez pas être déçu.

Le paysagiste, de stature athlétique, ouvrit son camion et commença à sortir avec précaution les arbres, arbustes et fleurs, sous le regard admiratif de l'artiste.

— Que de beautés ! s'exclama Philippe.

— Ceci n'est qu'une partie. Les jardiniers vont apporter le reste.

— Merveilleux ! Merveilleux !

— Je vais mettre une bâche dans le vestibule pour ne pas trop salir en déplaçant tout cela. Je prends de l'avance avant l'arrivée des jardiniers.

— Je te laisse faire. En attendant, je prépare le thé.

Le jour bien levé, les réverbères s'éteignirent. Tout fonctionnait correctement, se dit François. Les grands marronniers arboraient à présent leurs fières inflorescences pyramidales et le parc s'animait d'une rumeur toute printanière. Le paysagiste prit rapidement le thé avec l'artiste, bercé par les notes aristocratiques des royaumes enchantés de Chopin et de Liszt. Puis, il déplaça dans le jardin d'agrément les plantes qui lui étaient destinées. Les jardiniers arrivèrent alors et débarquèrent leur chargement. Kermadec mena son équipe dans le petit jardin et commença à diriger les opérations à l'aide des plans qu'il avait imaginés. Philippe Gramont, admira les végétaux qui embelliraient son jardin, puis décida de laisser les professionnels travailler sereinement et se posta derrière la fenêtre de son bureau pour assister à une véritable symphonie florale orchestrée de main de maître par François Kermadec.

Dans le jardin, les jeunes feuilles en forme de cœur du vieux tilleul frémissaient à la brise, laissant penser à un murmure de satisfaction. Le paysagiste décida de commencer par les cerisiers à fleurs roses du Japon. Déjà de belle taille, leur abondante floraison printanière offrait une profusion de fleurs groupées dont les tendres nuances se dégradaient délicatement. Kermadec détermina l'orientation de chaque arbre en fonction de sa forme naturelle, ainsi que l'endroit précis où il devait être planté. Malgré les précautions prises, une pluie de pétales tomba au sol, répandant alentour un raffiné tapis blanc et rose. Succèderaient à la floraison des prunus, et ce, dès la fin du printemps, celle des plants de viorne qui seraient ornés de nombreuses inflorescences globuleuses blanches, discrètement teintées de rose, ce qui leur valait l'appellation de viornes « boule de neige ». Ses voisins seraient d'élégants et touffus buissons de céanothe « Marie Rose » qui orneraient le jardin, à l'été, de petits nuages rosés, tandis que leur répondraient les inflorescences en plumeaux des arbres à perruque, lesquels se balanceraient à la brise estivale. François avait choisi des plants de seringat virginal pour la riche et blanche floraison de ce « jasmin des poètes » aux jolis mois de mai et de juin, mais également en raison de la fragrance sucrée qui en émanerait et qui se mêlerait aux notes blanches et mielleuses des fleurs du vieux tilleul. Puis, ce fut aux arbres à papillons de trouver leur place ; ils formeraient, l'été venu, de gros bouquets de panicules de fleurs très odorantes mêlant le blanc, le rose, le mauve et le pourpre, qui accueilleraient chaleureusement en leur sein de jolis papillons butineurs. Le paysagiste donnait des indications lorsqu'il fallait tailler telle ou telle branche pour créer une admirable harmonie. Il se reculait parfois, tel un peintre, pour avoir une vision d'ensemble afin de parfaire plus finement son œuvre. Tout le travail préalable qu'il avait fourni lorsqu'il avait élaboré ce projet prenait forme sous ses yeux. François ressentait un doux bonheur à embellir ce lieu et débordait d'enthousiasme quant à l'aboutissement prochain de son travail. Il sentait en lui le flux de la vie affluer en son corps et caresser son âme, telle la sève coulant dans les arbres et les plantes. La nature l'étreignait. Il ne faisait plus qu'un avec elle. Ainsi, Kermadec avait-il voulu que de spectaculaires lilas des Indes vinssent compléter ce tableau végétal en un exotisme raffiné, par la finesse de leur douce floraison allant du rose dragée au rose corail, en passant par le rose saumon, et jusqu'au mauve mystique, laquelle s'étendrait du mois de juillet au mois de septembre. Leurs cousins, les lilas doubles 'Belle de Moscou' mêleraient au jardin, la fraîcheur et l'élégance du blanc à la douceur et au raffinement du rose pâle, et ce, plus précocement, au printemps. Des places de choix furent également trouvées pour deux magnolias à fleurs blanches et roses qui ouvraient généreusement leurs coupes, tels des lotus sacrés. Ces derniers furent bientôt rejoints par les spirées du Japon, dont la floraison en corymbe serait délicatement panachée des mêmes nuances durant tout l'été. Le paysagiste avait également jeté son dévolu sur des arbres de Judée déjà en fleurs, afin que le jardin se pare d'une floraison printanière rose violacée, tandis que les bouquets de fleurs des arbustes à perles gratifiaient déjà le jardin de leur candide floraison. La silhouette souple aux longs rameaux retombants à leurs extrémités des élégants Kolkwitzia s'associèrent à ces derniers ; ces « buissons de beauté » donneraient, aux mois de mai et de juin, des guirlandes de fleurs en trompettes qui déploieraient leur gorge rose veinée de jaune sur des tiges pourpres. Des weigelia, à la floraison rose abondante, leur tiendraient compagnie, tandis que des arbustes perovskia déploieraient leur brume mauve à l'été comme à l'automne. De petits oiseaux, piqués par la curiosité, vinrent observer ce manège afin de repérer leurs prochains lieux de prédilection. Ils virent que des fuchsias, dont les clochettes mariaient, tantôt le blanc, tantôt le mauve, à la teinte éclatante qui leur avait prêté leur nom, avaient trouvé une place privilégiée, là où l'ombre les protègeraient de l'ardeur du soleil. Des arbres à soie, au contraire, bénéficieraient d'un emplacement très lumineux pour que se déploient leurs houppettes soyeuses d'étamines en aigrettes. Quant aux épis de la véronique arbustive, ils embelliraient le jardin aux périodes estivale et automnale. Des hibiscus, dont la floraison mauve ou rose violacé interviendrait à la même époque, vinrent agrémenter le joli jardin. Kermadec planta plusieurs camélias dont l'opulente floraison égaierait l'automne ainsi que la saison froide par la beauté de leurs larges corolles roses et de leur feuillage vernissé et persistant. François sentait les vertes effluves des feuilles et s'enivrait des parfums floraux exhalés par les plantes qu'il avait choisies. Leurs fraîches et douces couleurs l'apaisaient, tandis qu'étaient semées au sol de belles espérances. Pendant que des jardiniers bêchaient et plantaient sous la direction du paysagiste, d'autres s'occupaient de fixer aux murs du jardin de nouveaux treillis en arc de cercle à leur sommet, où viendraient s'épanouir en nombre les fleurs en forme d'étoiles du jasmin blanc officinal, lesquelles répandraient au mois de mai leur parfum suave ; à leur côté, grimperaient des lianes de clématites d'une jolie teinte parme, tandis que, plus loin, nichée dans un angle, une glycine rose étalerait son feuillage et ses grappes fleuries sur les deux murs. Un soupçon d'exotisme s'accordait gracieusement au charme suranné de ce jardin d'agrément qui venait de retrouver une splendeur qui avait été, un temps, emportée par les ans. Ne restait plus qu'à ajouter quelques fleurs de plus petite taille dont la délicatesse viendrait parfaire la composition. C'est alors que la fenêtre du bureau s'ouvrit. François, voyant que Philippe s'adressait à lui, alla à sa rencontre.

— Je suis subjugué par ta maestria, confia l'artiste.

— Je ne suis pas mécontent du résultat, avoua le paysagiste, même s'il faut encore imaginer la floraison pour certaines plantes.

— En avez-vous encore pour longtemps avant le déjeuner ?

— J'aimerais bien terminer en plantant les petites fleurs, si cela ne vous dérange pas. Les jardiniers prendront ensuite leur pause et nous pourrons déjeuner ensemble.

— Parfait, parfait.

— J'ai passé commande d'autres fleurs qui ne sont pas encore arrivées. Vous ne verrez le tableau final que dans quelques jours.

— Tu me réserves encore de belles surprises.

— En effet, répondit François en souriant. Mais c'est surtout la nature qui vous réserve des merveilles les prochains mois.

— Je te laisse à ton œuvre, murmura Monsieur Gramont en s'éclipsant.

— À tout à l'heure, Philippe.

L'artiste ferma la fenêtre et continua d'observer ce tableau vivant qui naissait sous ses yeux. Pris ainsi place un foisonnement de gaura qui donneraient, de juin à septembre, des touffes buissonnantes et élancées de gracieuses fleurs blanches bordées de rose, semblables à autant de papillons réunis en épis. Symboles de l'amour inconditionnel, des freezias avaient toute leur place en ce jardin ; ainsi de nombreux bulbes furent mis en terre comme autant de promesses d'effloraisons aux nuances variées et au parfum enivrant, du mois de mai au mois de septembre. Une profusion de fleurs d'onagres formerait un tapis rose pâle d'une grande délicatesse plusieurs mois durant. À la même époque, de vaporeux nuages de gypsophiles blancs et roses mettraient en valeur toutes les autres variétés qu'elles nimberaient de leurs flocons. Tout l'été, les astilbes formeraient de beaux massifs semi-ombragés dont les roses épis plumeux danseraient sous la brise en vagues légères. La vivace et estivale sauge sclarée offrirait, quant à elle, de grands panaches de fleurs rosées, tandis que des agapanthes twister donneraient de blanches fleurs en ombelles s'épanouissant sur un pédoncule mauve, comme autant de petits lys. Ne délaissant pas l'arrière-saison, François disposa des anémones du Japon qui dévoileraient, dès le mois d'août, leur splendide floraison rose couronnée d'étamines dorées. Bien avant elles, et dès la fin du printemps, les œillets au fourreau échancré déploieraient leur mousseline crépitante enrubannée de rose, succédant aux pivoines de Chine qui n'appréciaient, à l'abri du vent, que le joli mois de mai, et s'apprêtaient, d'un jour à l'autre, à éclore. À son tour, le mauve de l'herbe à chat jaillirait abondamment tout l'été, pour le plus grand plaisir des petits félins de passage. Enfin, les fleurs du pourpier apporteraient des touches variées allant du blanc au rose, du saumon au fuchsia, en passant par le jaune. À une moindre hauteur, des coussins et cascades d'alysses maritimes, de fleurs d'onagre, de phlox paniculata, de saponaire ocymoïde et de lobélias vinrent embellir les bordures et tapisser quelques roches savamment disposées par François qui ajouta des erodium guttatum pour leurs petites fleurs roses veinées de pourpre, lesquelles couvriraient le sol avec délicatesse aux côtés de gypsophiles rampant roses et blancs, de géraniums renardii aux fleurs en coupe d'un blanc veiné de parme ainsi que des geraniums 'Biokovo' dont les pétales blanches saupoudrées de rose encadreraient des pistils saumonés l'été venu. Puis, ce fut au tour de délicats œillets de poètes aux fleurs panachées réunies en corymbe de s'inviter, tout naturellement, en ce jardin. Vinrent se joindre à ces derniers de printanières violettes cornues, déjà en fleur, mêlant le blanc, le violet et le jaune, ainsi que des primevères himalayennes qui offraient tôt dans la saison des bouquets de fleurs roses à l'œil safran. Enfin, Kermadec mit en terre de nombreuses fleurs à la longue floraison, tels des cyclamens roses et blancs au feuillage persistant, ainsi que des pensées tachetées de blanc, de jaune et de violet, lesquelles embelliraient le jardin en dormance. Mais le paysagiste ne s'arrêta pas là puisqu'il avait également choisi des marguerites du Cap qui dévoilaient déjà avec audace leurs cœurs empourprés. Ne négligeant pas la saison automnale, François voulut que de gros bouquets de chrysanthèmes aux teintes variées vinssent fleurir le jardin à l'automne et jusqu'aux gelées. Enfin, les voiles de protection furent ôtés, découvrant un tout jeune gazon d'un vert tendre.

Kermadec avait éliminé les plantes pouvant être toxiques pour un petit chien, notamment les lys des incas, les giroflées, les azalées ou bien encore les rhododendrons, mais également celles dont les épines pourraient être blessantes comme les roses ou les deutzias. Il avait hâte que les dernières touches soient ajoutées et que tout ce qui avait été mis en terre prospère et se mêle avec grâce. Une fois que toutes les plantations furent abondamment arrosées, il remercia les jardiniers, leur souhaita bon appétit et leur donna rendez-vous en début d'après-midi pour l'embellissement du parc. Le paysagiste prit soin d'ôter sa combinaison de travail et de rejoindre Monsieur Gramont qui l'attendait à la cuisine.

— Cela vous plaît, Philippe ?

— Plus que je ne l'aurais espéré, répondit l'artiste. Ce jardin est un ravissement.

— Lorsque tout aura pris un peu d'ampleur, vous ne verrez plus un morceau de terre. Vivement que tout fleurisse. Puis-je me laver les mains ?

— Bien entendu, cher François. Ce que tu as réalisé est vraiment splendide. Proust l'aurait rapproché du jardin de Madame de Nouailles, où, disait-il, « *ne règne que la nature, où ne pénètre que la poésie* ».

— Quel beau compliment ! Je suis ravi que cela vous plaise, répondit fièrement François. J'ai des surprises pour la serre mais tout n'est pas encore disponible.

— Tu me montreras tout cela.

Kermadec était heureux de voir Monsieur Gramont en bonne forme. Ce dernier mit en route la fontaine du petit jardin à l'attention de son hôte qui se laissa bercer au doux murmure de l'eau, teinté de clapotis, dont la gerbe jaillissante retombait en cascatelles. Des réminiscences de séjours en Italie s'invitèrent alors à l'esprit du paysagiste, et les clapotements se muèrent tantôt en petit Tivoli, tantôt en grand atrium. Des lasagnes aux légumes vinrent parfaire ce dépaysement péninsulaire.

— En admirant ce tu as réalisé dans le jardin, m'est venu un mot d'Albert Einstein, déclara l'artiste, « *Je crois au Dieu de Spinoza qui se révèle dans l'harmonie de tout ce qui existe dans la nature* ». Pour Spinoza, Dieu était les lois physiques de l'univers et son texte sacré n'était autre que le livre de la nature. Selon lui, la meilleure manière de comprendre Dieu était d'étudier ces lois. Il avançait que la Bible n'avait pas été dictée par Dieu mais rédigée par des hommes.

— Fascinant pour l'époque, ajouta François.

— En effet, nous étions alors au XVIIème siècle. Pour Spinoza, les miracles des principales traditions religieuses relevaient de la superstition organisée ; il considérait que tous ces dogmes étaient un danger pour les citoyens d'une société libre, rationnelle et démocratique. Il en concluait qu'une véritable démocratie était impossible sans une séparation de l'église et de l'État.

— Les Lumières, déjà...

— Oui, ce courant de pensée naquit au XVIIème siècle pour se développer au XVIIIème.

— Le Lorrain est un peintre du XVIIème siècle, n'est-ce pas ?

— Je vois que tu franchis aisément le pas entre le courant philosophique des Lumières et la lumière des toiles du grand maître ?

— Et la lumière fut ! plaisanta François.

— La divine lumière, les lointains, l'insaisissable. L'œuvre de le Lorrain est unique et inégalée, conclut Philippe.

Lorsqu'ils eurent fini de déjeuner, Kermadec et son hôte gagnèrent le jardin d'agrément. Le fond de l'air avait cette douceur et cette légèreté que l'on ne rencontre qu'au printemps, lorsque le soleil caresse la peau de ses doux rayons sans la brûler. François eut aimé que cet instant de grâce se prolongeât indéfiniment, mais le cours des saisons ne le permettait pas ; de ce fait, ces moments exquis devaient être appréciés plus encore. L'éphémère confère ainsi aux choses leur intensité. Les deux hommes se promenèrent de massif en massif, contemplant ce lieu à présent animé de vie, de senteurs et de couleurs. Monsieur Gramont se penchait vers telle ou telle plante pour l'admirer et sentir son parfum. Un joli papillon blanc l'effleura alors, suivi d'un second, ce qui sembla émouvoir le vieil homme.

— Les premiers papillons du jardin. Je n'en avais pas encore vu cette année, remarqua le paysagiste. Les fleurs les auront appelés...

— « *Naître avec le printemps, mourir avec les roses,*
*Sur l'aile du zéphyr nager dans un ciel pur,*
*Balancé sur le sein des fleurs à peine écloses,*
*S'enivrer de parfums, de lumière et d'azur...* »,
déclama Philippe.

— « *Secouant, jeune encor, la poudre de ses ailes,*
*S'envoler comme un souffle aux voûtes éternelles,*
*Voilà du papillon le destin enchanté !* », poursuivit François qui avait, il y a peu, mémorisé ce poème d'Alphonse de Lamartine.

— « *Il ressemble au désir, qui jamais ne se pose,*
*Et sans se satisfaire, effleurant toute chose,*
*Retourne enfin au ciel chercher la volupté !* »,
conclut l'artiste, satisfait de son disciple.

Les deux hommes se mirent à rire de ce parfait accord.

— Vivement que la pelouse soit verte. Le gazon aura poussé dans deux semaines. J'ai hâte que vous voyiez le jardin lorsque tout sera fleuri. Venez avec moi dans la serre, proposa Kermadec.

En entrant, Philippe s'écria : « Comme c'est charmant ! Des citronniers et des orangers couverts de petites fleurs blanches avaient été disposés dans des cache-pots en terre-cuite italienne ornés de motifs floraux en relief et trônaient sur un meuble à étagères afin de préserver une petite truffe curieuse des épines dangereuses. Des lisianthus roses et blancs, dont François appréciait l'élégance aussi raffinée qu'elle était naturelle, présentaient un atout romantique de choix pour ce lieu qui les préserverait du gel en hiver. François avait pris soin d'ajouter un petit meuble où trônait des orchidées ; celle du centre était couronnée d'une superbe guirlande en arc de cercle ornée de fleurs blanches au cœur jaune, tandis que celles qui l'entouraient, d'un blanc pur veiné de pourpre, dressaient fièrement leurs tiges. François avait fait poser derrière elles des stores afin de les protéger de l'ardeur des rayons estivaux.

— Ce n'est pas terminé. Je n'aurai les corbeilles de calibrachoas et les bacopas que dans huit à dix jours, dit François, en forme d'excuses.

— Charmant, tout à fait charmant, répétait inlassablement Monsieur Gramont qui considérait et sentait de près ces nouveautés.
Il y a déjà tant à apprécier en cet instant, ajouta-t-il en regardant son jeune ami dans les yeux.

Ce dernier comprit qu'il devait réfréner ses ardeurs quant à l'avenir, lequel viendrait en temps voulu.

— Tu sais, François, il est deux calamités qui contrarient notre aptitude à l'allégresse, qui troublent notre contentement et notre appréciation de la vie : le passé et le futur, expliqua Philippe. Sénèque disait : « *ils nous font manquer de vivre* ». Ces perspectives temporelles nous interdisent, en effet, de vivre la seule dimension réelle du temps qu'est le présent. Le passé n'est plus et le futur n'est pas ; ce sont des figures du néant, en somme. Selon la célèbre formule stoïcienne, « *sage est celui qui parvient à regretter un peu moins, à espérer un peu moins, à aimer un peu plus* ». Aimer, trouver sa place dans l'ordre du monde, vivre le fragment d'éternité qu'est le présent, nous ouvrent les portes de la félicité. Lorsque tu regrettes de ne pas avoir embrassé une autre profession, tout d'abord, tu as tort car ce que tu fais est merveilleux, mais, qui plus est, tu te fais du mal car le passé est révolu et tu ne peux le changer. Lorsque tu te projettes sans cesse dans l'avenir, comme tu viens de le faire à plusieurs reprises, l'insatisfaction t'empêche d'être serein et d'apprécier la beauté de l'instant.

– J'entends ce que vous me dites. Je méditerai ces paroles de sagesse et tenterai de me départir de ces mauvaises habitudes. J'y parviens par moment, comme ce matin lorsque j'admirais l'aurore, ou bien encore lorsque je travaillais au jardin.

– Voilà qui est bien. Mais il faudra appliquer ces préceptes quotidiennement, ajouta Monsieur Gramont.

– Je comprends. Les travaux pratiques, en quelque sorte.

Le parfum hespéridé des fleurs de citronnier, aux notes fraîches, vertes et délicates, se mêlait aux senteurs sucrées et poudrées des efflorescences d'oranger ; ce mélange olfactif semblait procurer un sentiment de ravissement au vieil artiste.

— Dis-moi, à quoi ressemble ton jardin ? demanda soudain Philippe.

— Oh, à tout ce qu'il y a de plus simple. Il ne ressemble à rien. Comme la maison au demeurant...

— Alors, pourquoi avoir choisi ce lieu ?

— Je ne l'ai pas choisi, à vrai dire. Il m'a été, en quelque sorte... imposé.

— Je vois... Un non choix... Et tu n'as jamais envisagé de déménager ?

— J'y ai songé mais je n'ai jamais pris le temps de chercher. Je me suis habitué à la médiocrité du lieu comme à celle de mon existence.

— Il serait temps de la reprendre en main, ne penses-tu pas ?

— Vous avez tout à fait raison. Je vais m'y employer. Je m'en sens capable, depuis peu ; en fait, depuis que je vous ai rencontré et ai commencé à travailler sur ce projet.

— C'est heureux, répondit le vieil homme d'un ton bienveillant.

L'aboiement distant d'un chien monta jusqu'au jardin.

— Entendre une voix amie m'a toujours apporté un grand réconfort, confessa Philippe, le regard perdu dans le lointain. « *L'oreille est le chemin du cœur* », se plaisait à dire Voltaire.

Après une courte pause, Philippe ajouta :

— Alphonse de Lamartine eut cette expression irréfutable : « *Partout où il y a un malheureux, Dieu envoie un chien. L'homme ne le voit pas toujours* ».

François acquiesça en souriant. Les instants passés auprès de Philippe revêtaient une intensité toute particulière pour lui car, en plus de l'apaisement qu'ils lui procuraient, les paroles de sagesse du vieil homme l'invitaient à une véritable introspection qui le conduirait, espérait-il, à trouver sa voie vers l'harmonie et le bonheur. Confronté à ses égarements et à ses errements responsables de son désarroi, François prenait conscience de s'être fourvoyé et d'avoir emprunté un chemin sans issue. À présent, il souhaitait ardemment sortir de cette impasse ; il sentait qu'il en avait la volonté et la force. Il lui revenait, à présent, d'ouvrir les portes menant à la sérénité et à la félicité. Les deux hommes entendirent alors le crissement de pneus des camions des jardiniers.

— C'est au tour du parc d'être embelli ! annonça le paysagiste.

— Bon courage, cher François. Et merci, répliqua Monsieur Gramont avec reconnaissance.

— À tout à l'heure, Philippe.

Kermadec rejoignit les jardiniers qui sortaient leurs outils des camions et déposaient les plantes qui viendraient enrichir le parc de Beauregard. Il conduisit deux d'entre eux devant la maison pour disposer celles qui viendraient garnir les plates-bandes d'une composition magistrale. Puis, il accompagna jusqu'au portail deux autres ouvriers pour faire de même, après quoi il regagna le parc où l'attendait le reste du groupe. François était concentré. À l'intimité secrète et raffinée du petit jardin, répondrait la grandeur champêtre du parc, tout en conservant quelques évocations similaires. À l'orée des grands arbres dont les jeunes feuilles frissonnaient à la brise, François choisi de planter quelques plans d'aubépine non épineux. L'arbre des fées, et son port très ramifié, avait toute sa place en ce parc et son intense floraison commençait à éployer des fleurs blanches délicatement rosées, réunies en corymbes, apportant un côté très naturel ; à la fin août, ses cenelles feraient le bonheur des oiseaux. Tout naturellement, les rejoignirent les silhouettes buissonnantes des cognassiers du Japon à la floraison odorante blanche et rose qui promettait d'être généreuse d'ici peu. Les cornouillers embelliraient le parc du printemps à l'automne, de leur blanches fleurs au mois de mai, mais également de leur feuillage changeant, lequel se parerait d'une teinte dorée, puis jaune citron, pour enfin virer au rose et au rouge. Pour leur part, les hibiscus des marais géants épanouiraient leurs fleurs en cornet blanches et roses de juillet à octobre. Des plans d'astilbes chinensis pumila profiteraient de leur ombrage et leurs panicules légères et vaporeuses se balanceraient, ainsi, au gré de la brise de juillet sans souffrir de l'ardeur des rayons, apportant au lieu une touche hautement poétique. Malgré la présence de nombreux arbres dans le parc, François ne put s'empêcher d'apporter une touche toute personnelle en plantant un polownia, ou arbre impérial, pour son port très élégant aux fleurs en corolles mauves. La floraison blanche teintée de rose des orangers du Mexique et leur jeune feuillage doré vinrent, à leur tour, embellir le parc. François espérait que les orangers résisteraient aux hivers grâce au climat océanique, car ils promettaient de donner de nouveau des bouquets de petites fleurs en août et en septembre et leur feuillage persistant constituait un atout pour le parc. Persistants également, des photinia formeraient rapidement des boules de feuillage qui se parait de rouge pour les nouvelles pousses, puis de pourpre et de vert à maturité.

Kermadec poursuivit son œuvre avec les spirées du Japon qui arboraient, en ce printemps, un feuillage rouge bronze, et dont les corymbes d'un rose soutenu annonceraient l'été. Les fleurs soyeuses des arbres à perruque commençaient à s'épanouir avec grâce et auraient tôt fait d'offrir leur élégante légèreté dont ils feraient grâce jusqu'au mois d'octobre, lorsque leur feuillage enrichirait le parc de ses vives couleurs. Un arbre à soie trouva sa place au soleil, un peu à l'écart et à l'abri du vent, pour exhaler, durant toute la saison estivale, son parfum subtil, ses fleurs en plumeaux d'un rose vif et son feuillage vert clair. Après les arbustes, François et les jardiniers s'occupèrent des fleurs. Le paysagiste souhaitait les disposer par petites touches, de manière impressionniste, pour apporter un effet champêtre à la composition. Il avait choisi la lavande officinale à la floraison parfumée d'une délicate teinte rose lilas et sa compagne, la sauge. Des bouquets de vittadenia aux innombrables petites pâquerettes blanc rosé au cœur jaune promettaient de subsister jusqu'au mois de novembre, battant d'une courte tête la longue floraison des coréopsis. Il ajouta des boules de marguerites d'un blanc pur au cœur jaune, tout en charme et romantisme, des phlox paniculata, dont les groupes de fleurs s'épanouiraient en abondance, des agapanthes twister et leurs élégantes ombelles, ainsi que des asters de Chine au port aérien. Le tableau fut complété par une touche d'exotisme avec des watsonia à la remarquable floraison estivale en épis d'une chaleureuse teinte orangée. Dans le même esprit bucolique, des cosmos se marieraient aux massifs de fleurs avec légèreté. Enfin, des coussins d'asters nains furent disséminés afin que les pétales de diverses teintes s'épanouissent à l'automne, tandis que des armeria maritima, appelées également gazon d'Espagne pour sa fonction de couvre-sol, offraient déjà des fleurs en pompons d'un rose intense.

— Ayez l'imagination de la couleur !

Le paysagiste se retourna et aperçut l'artiste qui se dirigeait vers lui.

C'est ce que Gustave Moreau répétait inlassablement à ses élèves, expliqua le vieil homme.

— Qu'en pensez-vous, Philippe ?

— En tant que coloriste expérimenté, je dois avouer que c'est un chef d'œuvre.

— Un tableau changeant, comme vous les aimez. D'autres teintes s'inviteront bientôt, précisa François.

L'artiste apprécia cette remarque.

— Je vous remercie tous, Messieurs, pour cet excellent travail. Dis-moi, François, tu ne pars pas encore ?

— Il nous faut le temps de tout ranger.

— Ne quitte pas le domaine sans venir me voir, demanda Monsieur Gramont qui s'en retournait vers sa demeure.

— Bien entendu, répondit Kermadec.

Les jardiniers arrosèrent les plantations et ôtèrent les voiles de croissance qui avaient été posées lors du semis, dévoilant un jeune et frais gazon. Le matériel rangé, le paysagiste ôta sa combinaison de travail qu'il mit dans un sac à l'intérieur de sa camionnette et changea de souliers, tandis que les jardiniers quittaient le domaine. Puis, il sortit un peigne pour se recoiffer rapidement et tenta d'imprimer à sa chevelure un mouvement latéral à l'aide de ses doigts. Il jeta un dernier coup d'œil à son travail avant d'entrer dans la maison, satisfait de son labeur. Philippe Gramont l'attendait au salon. Les lampes de table en verre de Murano rayonnaient de leur douce lumière poudrée d'or.

– Je suis là, Philippe. Puis-je me laver les mains ?

– Bien entendu, François.

Après une courte pause pour se rafraîchir, le paysagiste rejoint l'artiste.

– Cher François, je suis ému par ce que tu as réalisé dans le parc. Il en est transformé. Je ne sais comment te remercier. Tiens, ajouta-t-il en tendant une enveloppe, voici le gain de ton labeur.

– Oh, mais rien ne presse, Philippe.

– Si, si. Les bons comptes font les bons amis, comme l'on dit.

– En ce cas, j'accepte, répondit François en prenant l'enveloppe. Je dois également vous remercier car sans vous, je serais toujours perdu... et cela, c'est inestimable.

– Assieds-toi un instant. J'ai préparé un thé glacé. J'ai pensé qu'après cette journée de travail, ce serait plus rafraîchissant, proposa l'artiste qui prenait place sur le canapé.

– C'est une très bonne idée, je vous en remercie. Au fait, je reviendrai dans quelques jours apporter les fleurs que j'ai commandées.

– Cher François, viens quand tu le souhaites, même si tu n'as plus de travail à réaliser. Nous pourrons échanger et profiter ensemble du fruit de ton travail.

– Avec grand plaisir, répondit François qui avait reçu cette invitation avec bonheur.

— Tout est fin prêt pour accueillir Pénélope et Ulysse, à présent, ajouta-t-il heureux.

Philippe lui sourit tendrement.

— Pour ainsi dire, pondéra l'artiste. Il reste encore quelques meubles et des cartons remisés dans la dépendance que je dois monter dans les pièces du premier et du second étage. À ce sujet, connaîtrais-tu quelqu'un qui pourrait m'aider à déplacer mes ustensiles de peinture au dernier étage ? Je ne m'en sens pas la force.

— Pourquoi ne pas me l'avoir demandé ?

— Tu m'as déjà bien aimablement aidé... Je ne voudrais pas abuser de ta gentillesse, d'autant que je sais qu'en cette saison, tu as beaucoup de travail. Mais je dois avouer que je préférerais que ce soit toi. Ne crois surtout pas que mes invitations soient uniquement dans le but de te faire travailler, car ce n'est pas le cas.

— Je le sais, Philippe. Je serais revenu vous voir, de toute façon.

Le vieil homme parut rassuré autant que touché, tandis que François appréciait le thé glacé.

— Je viendrai en fin de semaine avec les fleurs et mes bras pour vous aider.

— C'est très gentil, mon ami. Mais tu ne travailleras pas tout le temps. Je te l'interdis. Tu seras mon invité.

— Entendu, répondit Kermadec en riant. Après une courte pause, il s'adressa à l'artiste : Vous avez cité Gustave Moreau, tout à l'heure. Je serais curieux de mieux connaître son travail.

— Si tu montes à Paris, comme l'on dit en Province, vas voir sa demeure familiale qui abrita, au dernier étage, son atelier. La maison fut ensuite transformée en Musée, selon la volonté de l'artiste. En attendant, je vais te montrer un beau livre consacré à son œuvre.

Le vieil homme se leva lentement.

François observait Monsieur Gramont qui se mouvait de manière pondérée, presque méditative ; chacun de ses gestes était précis et semblait être le fruit d'une grande concentration. Philippe paraissait avoir le goût d'une époque où le silence accompagnait les vies de sa présence opiniâtre ; dans les maisons, où seuls les craquements des vieilles demeures et le grincement du portail ne venaient que passagèrement le rompre ; près des églises où seules les cloches consentaient à briser son cours, l'espace d'un instant ; dans les rues, où seul le trot des chevaux résonnant sur les pavés interrompaient avec grâce son règne ; dans la campagne, où seuls le bruissement des feuilles et le chant des oiseaux le domptait pour, finalement, en souligner plus encore l'existence. Dépourvue de bruits mécaniques, l'existence était alors propice à la rêverie et à la contemplation. Les plus grands poètes furent de ce temps où l'introspection ne connaissait point d'abrupte rupture et où l'on savait prendre le temps. Laisser le temps au temps. Vivre l'instant. Devait-on attendre la vieillesse, pour laquelle l'avenir est incertain, afin d'y parvenir et cueillir chaque moment comme s'il était un précieux trésor ? Philippe répondrait par la négative, à n'en pas douter. Il convenait de s'y atteler dès à présent afin de se libérer de ce fardeau, pensa François, plongé en ce dialogue intérieur. À travers les grandes fenêtres, le paysagiste observa la lumière dorée de la fin de journée, lorsque le soleil était bas et entamait la fin de sa course à l'Ouest. Les cheveux de Kermadec prenaient en cet instant une nuance légèrement cuivrée que la pénombre dissimulait. Le vieil homme revint et plaça un livre sur la table basse.

— C'est le plus beau livre qui existe sur Gustave Moreau, souligna-t-il, ce faisant.

Kermadec posa son verre suffisamment loin pour ne pas risquer de le renverser sur l'ouvrage qu'il commença à feuilleter.

— Gustave Moreau disait de la peinture qu'elle était la langue de Dieu, révéla Monsieur Gramont.

— On ressent une grande force d'évocation.

— En effet. Il voulut créer une œuvre où l'âme put satisfaire ses aspirations au rêve, à la tendresse, à l'amour, à l'enthousiasme et à l'élévation vers les sphères supérieures, au mystérieux pays du sacré. Son art se rapproche de la poésie : ces élans de l'âme et du cœur, ce goût de l'imaginaire. D'ailleurs, Moreau disait : « *la divination, l'intuition des choses appartiennent à l'artiste et au poète seuls* ». Son œuvre est unique en son genre et traduit les « éclairs intérieurs », comme il se plaisait à les nommer.

— Merveilleux, vraiment... commenta François en feuilletant le livre.

— Le symbolisme voulait se départir de la pensée rationaliste engendrée par la science. À son époque, il fut accusé d'être trop littéraire. Quelle absurdité ! L'est-on jamais assez ?

— Quelle injustice !

— Il eut cependant du succès auprès des milieux lettrés et cultivés : Robert de Montesquiou, Marcel

Proust, Oscar Wilde, Claude Debussy, Théophile Gautier, Odilon Redon…

– Ah, tout de même.

– Vous savez, les gens aiment mettre les individus et leur travail dans des cases. Or, l'art de Moreau n'appartenait à aucun mouvement artistique de l'époque ; il est inclassifiable et, à ce titre, a pu déranger certains, y compris ses collègues artistes.

– La jalousie, peut-être.

– Cela a dû compter, en effet.

Kermadec finit de parcourir le livre. Il s'aperçut que le vieil homme semblait fatigué.

– Ce fut une longue journée pour vous comme pour moi, Philippe. Je ne voudrais pas vous fatiguer d'avantage, dit-il. Je reviendrai en fin de semaine comme convenu. N'hésitez pas à me dire si vous avez besoin de quelque chose.

– Je te remercie, cher François. Ta compagnie me sera d'un grand réconfort, avoua l'artiste qui semblait attristé que leur discussion s'acheva. Je vais allez manger un morceau puis me coucher de bonne heure. J'ai besoin de repos.

– Prenez soin de vous, conseilla son jeune ami en prenant congé de son hôte.

À présent, une pluie fine étanchait la soif de la nature, comme versée par quelque arrosoir divin. Cela ne pourrait que faire du bien au gazon ainsi qu'aux nouvelles plantations, pensa François qui humait le pétrichor. Satisfait, le paysagiste admira son œuvre une dernière fois avant de quitter le domaine de Beauregard, le cœur empli d'allégresse à l'idée d'avoir noué une belle amitié avec

Philippe Gramont et d'avoir parfaitement accompli son œuvre. Il ne se sentait désormais plus aussi seul et avait le sentiment que la beauté et la bonté étaient entrées dans sa vie.

Sur le chemin du retour, François Kermadec contempla un ciel fabuleux ; parmi les nuages semblables à des dragons étirant leurs longs cous, une divine déchirure laissait passer les rayons du soleil en un formidable éventail de lumière.

# Chapitre V

Quelques jours passèrent. D'innombrables fleurs sauvages avaient envahi le bord des routes et les talus ; les blanches marguerites se dressaient fièrement sur leurs hautes tiges, les boutons d'or constellaient l'herbe fraîche de leur teinte éclatante, tandis que la mauve présentait, telle une offrande, ses fleurs en entonnoir aux pétales roses veinées de pourpre. En cette fin de semaine, François était heureux de revenir en ce domaine de Beauregard où le temps était rythmé, comme jadis, par la course du soleil et le lever de la lune, par l'effloraison de la terre et son épanouissement au long des saisons. Les plantes s'étaient bien enracinées et le gazon avait gagné en densité. Les chevelures des arbres s'allongeaient plus encore de jour en jour et des jeux d'ombre et de lumière s'invitaient sur la pelouse, telle une immense marqueterie. François chérissait cette relation avec Philippe Gramont. Il se rendait compte à quel point celle-ci avait changé depuis leur première rencontre. Leurs conversations étaient devenues plus personnelles et le savoir divulgué par l'artiste, tout d'abord littéraire et artistique, revêtait à présent une profondeur témoignant d'une certaine familiarité. Le paysagiste sortit des fleurs de son véhicule, ainsi que quelques victuailles. Arrivé devant la porte de la demeure, alors qu'il se recoiffait rapidement, il s'aperçut que la sonnette avait été réparée. Il prévint donc son hôte de son arrivée. L'artiste mit quelque temps avant de se présenter. Lorsqu'il vit François, son visage s'illumina d'un large sourire.

– Bonjour Philippe. Comment allez-vous ? demanda Kermadec alors que son hôte l'invitait à entrer.

– Ah, bonjour cher François. Je suis un peu fatigué mais cela va passer, avoua le vieil homme. Et toi ? Tu sembles en forme.

– Je suis toujours en forme lorsque je sais que je vais vous rendre visite, assura le paysagiste en accrochant sa veste dans le vestibule.

– Comme c'est aimable.

Philippe conduisit François au salon. La pièce, très lumineuse, était empreinte de gaité. Kermadec avait apporté deux bouquets de fleurs fraîches pour garnir les vases, geste que l'artiste apprécia. Ainsi, des lisianthus, des roses et des lys des Incas apportèrent une touche poétique à la pièce de réception.

– Tenez, j'ai un petit cadeau pour vous, déclara le paysagiste en tendant un sac à Monsieur Gramont.

– C'est très gentil de ta part… Je ne sais que dire… Attends que je mette mes lunettes.

Philippe saisit ses lunettes de vue sur un meuble et s'assit sur le canapé, imité par François. Ce dernier remarqua que les mains du vieil homme tremblaient un peu. Le présent ouvert, l'artiste découvrit un joli cadre photo doré de style art nouveau.

– Mais c'est magnifique ! Où as-tu déniché cette merveille ? s'exclama-t-il.

– Chez un antiquaire, répondit le paysagiste avec un certain contentement.

– Je te remercie infiniment de cette gentillesse. Mais il ne fallait pas… Il est vraiment très beau. Tu as bon goût, jeune homme, confessa Philippe en levant ses lunettes sur sa tête.

— Cela me fait autant plaisir qu'à vous. Mais ce n'est pas tout. Permettez-moi d'aller chercher une surprise.

— Comme tu me gâtes !

Kermadec réapparut alors avec une barrière de sécurité en fer forgée qu'il avait commandée auprès d'un ferronnier de sa connaissance.

— Je vous l'avez promis.

— Quel travail remarquable ! admira Philippe.

— Je vous l'installerai devant l'escalier. En attendant, je le pose à côté, ajouta Kermadec en se dirigeant vers l'entrée.

Lorsquc François revint dans le salon, il trouva Monsieur Gramont là où il l'avait laissé, le regard un peu éteint. Le vieil homme lui sembla vraiment fatigué.

— Cher Philippe, je suis là pour vous aider. Dites-moi ce que je peux faire et je m'exécuterai.

— Ne veux-tu pas profiter du jardin un instant avant de te mettre à la tâche ?

— J'ai apporté les fleurs que j'avais commandées. Je vais en déposer dans la serre et mettre les autres en terre dans le jardin pour qu'elles ne souffrent pas.

— Très bien, dit l'artiste en se levant difficilement. À ce sujet, j'ai reçu le salon de jardin. Très bon choix, François.

— Heureux qu'il vous plaise. Je trouve qu'il s'associe très bien au lieu. Installez-vous donc, je vous rejoins à l'instant. Lorsque j'en aurai fini avec les fleurs, j'irai dans la dépendance chercher les cartons et vous m'indiquerez où les placer pour les déballer.

– Parfait, parfait.

François déposa deux corbeilles de calibrachoas retombants dans les grandes vasques qui ornaient l'entrée de la demeure et prit soin de les arroser. Des cascades de petites fleurs blanches et roses débordaient joliment des coupes de style Médicis. Le paysagiste gagna ensuite le jardin d'agrément avec une grande caisse emplie de fleurs. L'artiste l'attendait en profitant du nouveau salon de jardin en fonte de style art nouveau où était reproduite, en un enchevêtrement de volutes, toute la créativité de la nature. De moelleux coussins avaient été ajoutés pour plus de confort.

– Je viens de placer des corbeilles de calibrachoas retombants dans les vasques devant l'entrée. En voici d'autres pour le jardin, ainsi que des bacopas. Il faudra bien les arroser.

– Entendu, répondit Philippe en souriant.

François vit avec bonheur que les arbustes récemment mis en terre se plaisaient en ce lieu et fleurissaient de leurs nuances tendres. Le parfum des lilas effusait encore, même si leur floraison commençait à flétrir. À celle-ci se mêlait les senteurs des fleurs du mois de mai, délicates, précieuses, exquises. Le paysagiste accrocha les corbeilles le long de la maison, puis entrepris les dernières plantations de dahlias à des emplacements suffisamment ensoleillés, sous le regard amusé de l'artiste qui semblait apprécier le jardin autant que sa présence. Le jour était radieux et la douceur agréable. Lorsqu'il eut fini, Kermadec passa ses mains sous l'eau de la fontaine et les essuya avant de venir rejoindre son hôte.

— Ravissant ! lança le vieil homme. Veux-tu boire quelque chose ? demanda-t-il.

— Laissez, Philippe, je vais nous servir.

— C'est bien aimable. Je te remercie, François.

Le paysagiste revint prestement avec des rafraîchissements et quelques petits gâteaux au citron.

— Là, reposes-toi un peu. Tu n'es pas là pour travailler, préconisa l'artiste. Tu sais, chaque matin lorsque je contemple le jardin ou le parc, de nouvelles fleurs ont écloses, le tableau a changé. C'est, pour moi, un ravissement renouvelé. Je voulais t'en remercier.

— Je vous en prie, j'en suis heureux. Au fait Philippe, j'ai repensé à nos discussions et une interrogation me taraude. Vous m'avez dit que seul l'amour comptait, mais vous m'avez également incité à chercher une certaine égalité d'âme, tenta d'expliquer Kermadec.

L'artiste lui sourit.

— Cher François, il ne faut pas confondre la paix intérieure avec le bonheur, expliqua Philippe. Nous pouvons atteindre l'éveil en ressentant une sérénité indicible qui nous élève, mais il ne s'agit, en aucun cas, du bonheur intense que l'on éprouve lorsque l'on voit un être cher heureux. Rien ne peut être comparé à ce bonheur. Lorsque les bouddhistes vous disent que seule la vie monastique sans attachement permet d'atteindre le bonheur, ce n'est pas vrai. D'abord parce qu'ils s'attachent tout de même à certains de leurs coreligionnaires, ensuite parce qu'il ne s'agit pas de bonheur mais de sérénité, d'égalité d'âme. Les humains, comme les chiens, sont des êtres sociables qui ont besoin de nouer des liens et de les entretenir. Le bonheur ne vient pas de nous- mêmes, mais de ceux que l'on chérit. « *Il n'y a qu'un bonheur dans la vie, c'est d'aimer et d'être aimé* », disait à juste raison, George Sand, mais peut-être t'ai-je déjà cité cette phrase... À ce sujet, les Stoïciens s'égarent, les Bouddhistes se méprennent. On ne peut être heureux quel que soit le contexte, ou l'environnement, ou son état de santé. Pensez-vous que, si l'on était en proie à un tortionnaire, il nous serait possible d'atteindre le bonheur grâce une vie intérieure intense ? Je ne le crois pas. Le bonheur ne peut exister lorsqu'un être aimé est malade ou, pire, décède. Personne, alors, ne peut être heureux. De même, nous ne pouvons trouver le bonheur sans aimer, affirma Philippe avec une émotion palpable.

Kermadec hocha la tête avant d'interroger l'artiste :

– Mais alors, lorsque vous incitez à ne pas vivre dans le passé ni dans l'avenir, que reste-t-il si nous n'avons pas l'amour dans le présent ?

– Ah, cher François, le passé nous retient en arrière et peut engendrer regrets et remords alors que nous ne pouvons le modifier. Quant à l'espérance, elle n'est là que parce que nous manquons de quelque chose, de santé, de richesse ou d'amour. Dans les deux cas, ces passions tristes viennent troubler la paix de l'âme. Spinoza avait eu cette formule : *La tristesse est le passage de l'homme d'une plus grande à une moindre perfection.* Je nuancerais toutefois ceci en précisant qu'il n'est pas toujours aisé d'atteindre une haute perfection... dit Philippe en plissant les yeux, l'air malicieux.

– Il faudrait donc se résoudre à vivre le présent même s'il est malheureux ?

— Vivre l'instant présent nous permet d'apprécier les belles choses qui s'offrent à nous plus intensément. On peut également en profiter pour visualiser ce que l'on souhaite en imaginant que nous l'avons déjà et en éprouvant de la gratitude. Le temps n'est qu'une construction humaine. Le passé, le présent et l'avenir ne font qu'un. Ce n'est que lorsque nous sommes de l'autre côté que nous le comprenons.

François semblait quelque peu déconcerté.

— Il est normal d'avoir des souvenirs heureux comme d'avoir l'ambition du bonheur, poursuivit Philippe Gramont. Cependant, il ne faut pas vivre continuellement en arrière ou incessamment en avant. C'est une question d'équilibre. De même, ne vivre que dans le présent pourrait causer notre perte ; aussi sommes-nous bien obligés de prévoir et d'envisager les prochains jours, ne serait-ce que pour notre survie. Il nous est également recommandé d'apprendre de nos erreurs passées. Il convient juste d'affectionner les instants appréciables lorsqu'ils se présentent et de ne pas les gâcher par le regret ou l'inquiétude que peuvent susciter le passé et l'avenir. En un mot, le manque de sérénité peut entraver le bonheur.

— Je comprends mieux, à présent, confessa François.

— Comment trouver l'amour si l'on est perpétuellement égaré dans le passé ou dans l'avenir ? ajouta le vieil homme d'un ton paternel. On risque de passer à côté, de ne pas le voir lorsqu'il se présente à nous, ou de le gâcher lorsqu'il est là, avec des considérations qui n'ont pas lieu d'être...

— Oui, en effet, je saisis...

– Autrement dit, une certaine sagesse nous est utile pour apaiser notre esprit, mais autrui nous est nécessaire pour trouver le bonheur... Prends donc exemple sur le chien et le chat ; ce sont d'excellents professeurs en la matière, ajouta Monsieur Gramont en souriant.

– Je vous remercie, Philippe, de m'ouvrir l'esprit et le cœur.

– Je vous en prie, cher ami. On ne peut ouvrir que ce qui demande à être ouvert, répondit l'artiste en riant. À quoi servirait un vieil homme comme moi s'il ne transmettait pas le fruit de ses réflexions et de ses expériences ? Je suis ravi de pouvoir te faire gagner du temps. Tu le mérites.

– Cela me touche, répliqua François très ému. Vous savez, c'est étonnant, mais il me vient, en ce jardin, des perceptions plus profondes, confessa- t-il.

Le paysagiste, au milieu des fleurs, à présent écloses en nombre, sentait monter en lui un bel épanouissement. Il se trouvait en ce jardin, tel une fleur se gorgeant de lumière et s'abreuvant de rosée. Le rythme de sa respiration s'accordait au mouvement des branches des arbres qui balançaient à la brise leurs palmes feuillues, comme s'il s'était agi d'éventails. Kermadec éprouvait enfin la joie d'être et s'en fit la remarque intérieurement. À cet instant, il ressentait ce qu'avait éprouvé Alphonse de Lamartine lorsqu'il écrivit : « *la nature semble faire partie de l'âme et l'âme de la nature* ». En cet après-midi printanier, un rayon de lumière éthéré caressait le fond du jardin qui paraissait enchanté. Comme la première fois où il avait pénétré en ce lieu, François crut voir le même petit chien batifoler autour de la même robe virevoltante. Un léger cillement et cette vision fut aussitôt dissipée. François se rémora alors les vers du poète dans *L'éternité de la nature, brièveté de l'homme :*

> *« À des siècles, j'eus mon instant !*
> *Mais dans la minute qui passe*
> *L'infini de temps et d'espace*
> *Dans mon regard s'est répété ! »*

Philippe aurait donc raison, pensa François, le passé, le présent et l'avenir coexisteraient-ils ? Laissons-nous, en passant, une parcelle d'existence, comme l'avait si joliment suggéré le grand écrivain ? De même, un aperçu du passé ou de l'avenir nous parviendrait-il ?

— Tu sembles apaisé, dit soudain le vieil homme.

— En effet, répondit Kermadec, encore captivé. J'apprécie tant mon séjour en ce jardin qu'il me semble ne faire plus qu'un avec lui, ajouta-t-il. J'ai lu hier un passage d'Alphonse de Lamartine qui exprimait le même sentiment.

— *« Les lieux et les choses se tiennent par un lien intime, car la nature est une dans le cœur de l'homme comme dans ses yeux. Nous sommes fils de la Terre. C'est la même vie qui coule dans sa sève et dans notre sang »*, cita Philippe, n'est-ce pas bouleversant ?

— Ça l'est plus que je ne saurais le dire, répliqua François avec profondeur de sentiment.

Les deux hommes poursuivirent leurs échanges jusqu'à ce que le paysagiste ne s'aperçoive que l'heure tournait.

— Philippe, je pourrais rester la journée entière à discuter avec vous avec autant de plaisir, mais je suis aussi ici pour vous donner un coup de main, ne l'oubliez pas. Il faut finaliser votre installation.

— Tu restes dîner, n'est-ce pas ? demanda l'artiste.

– Bien entendu. J'ai d'ailleurs déposé quelques victuailles. Je serai le cuisinier, ce soir.

– Rends-toi compte de la chance que j'ai, avoua le vieil homme en souriant.

Kermadec se mit à la tâche. Il apporta dans le vestibule tous les cartons qui avaient été entreposés dans la dépendance, les quelques meubles qui y restaient, ainsi que plusieurs chevalets sur pied. Monsieur Gramont semblait ennuyé de le voir travailler ainsi, mais François le faisait de bon cœur.

– Maintenant que tout est là, Philippe, dites-moi où je dois placer toutes ces choses.

– J'aurais dû envisager un ascenseur... avoua l'artiste, mais cela risquerait d'abîmer l'esthétique de la maison, non ?

– Cela pourrait se faire, je pense, avec du beau bois ou bien du métal doré, répondit Kermadec. En attendant, mes bras sont là pour vous servir.

– Je t'en remercie grandement. Je vais monter avec toi.

Les deux hommes s'engagèrent dans l'escalier. L'odeur du vernis de la rampe appela à la mémoire de François la maison de sa grand-mère où, enfant, il dévalait l'escalier sous le regard inquiet de son aïeule qui joignait alors ses mains comme pour implorer la grâce divine. Nous reconnaissons les effluences et les bruits propres à un lieu, comme celui d'une certaine porte que l'on ferme et qui résonne différemment d'une autre, ou bien le craquement du parquet foulé par tel ou tel proche de son pas alerte et léger ou bien lent et plus pesant. Tous ces repères familiers surgissent en notre mémoire lorsque l'on revient en un lieu, ou bien lorsque l'on songe à ce dernier. Kermadec s'aperçut soudain que le vieil homme avait quelque étourdissement, et il vint le soutenir pour terminer la dernière volée de marches.

— Voilà, restez là, Philippe, pendant que je monte les affaires. Mais, j'y pense, il vous faut une autre barrière de sécurité pour le haut, ce pourrait être dangereux.

— Mais tu as raison ! Et deux autres barrières ordinaires que l'on trouve dans le commerce pour l'escalier en bois qui mène au second étage.

— Je vais m'en occuper.

L'artiste s'assit sur un fauteuil qui trônait à côté d'une console au premier étage. Une fois que le paysagiste eut tout déposé, Philippe se leva et, ajustant ses lunettes, lut les indications qu'il avait pris soin de noter sur chaque carton afin d'orienter François. Ce dernier découvrait les pièces de la maison qu'il ne connaissait pas et qui n'avaient été que partiellement meublées et décorées, notamment des belles toiles de l'artiste. Il les considéra longuement.

— Je suis heureux de découvrir d'autres tableaux ! s'exclama-t-il. Ils sont tout aussi mystérieux et magnifiques que ceux du rez-de-chaussée.

— Je te remercie.

— Celui-ci me plaît tout particulièrement… la lumière et ces ailes… comme celles d'un ange…

Philippe Gramont sourit à l'enthousiasme de son jeune ami. Le premier étage était plus clair que François ne l'avait imaginé et était constitué de chambres d'amis et de pièces de rangement. François ouvrit un à un les cartons et plaça meubles, lampes et objets selon le bon vouloir de son hôte. Une fois que cela eut été fait, les deux hommes retournèrent sur le palier.

– Tout ce qui reste, et ce n'est pas peu dire, est à mettre au second étage, dans l'atelier. Je te fais travailler, j'en suis navré, s'excusa le vieil homme.

– Vous ne préfériez pas la dépendance comme atelier ? demanda François.

– J'ai hésité... mais la chaleur monte et permet aux tableaux de sécher plus vite. Cela évite également de traverser le parc sous la pluie ou le froid en hiver et de prendre une bonne douche pour enlever les traces de peinture.

– Vous avez raison.

François aida Philippe à monter au second étage, après quoi il y déplaça tous les objets et cartons. Ce niveau sous combles offrait une belle superficie pour un atelier car certaines cloisons avaient été enlevées. La lumière qui pénétrait par les lucarnes revêtait un joli voile doré et le point de vue dominant le parc avaient de quoi inspirer l'artiste. C'était l'heure où les tourterelles roucoulaient à loisir. De gros nuages blancs toisaient la cime des arbres, lesquels paraissaient illuminés de l'intérieur par les rayons que le soleil bas dardait à travers leur feuillage. Le paysagiste comprit alors le choix qui avait été celui du vieil homme. À l'instar de Gustave Moreau, Philippe souhaitait prendre de la hauteur pour peindre. Kermadec installa deux tables à tréteaux, des halogènes ainsi que des chevalets sur pieds, tandis que l'artiste sortit des cartons son matériel de peinture, ses pigments, ses poudres d'or, d'argent, de cuivre et de bronze qu'il rangea méthodiquement dans une vieille armoire. François ne pouvait dire si c'était la fatigue ou la tristesse qu'il lisait sur le visage du vieil homme. Peut-être Philippe Gramont était-il plus vieux qu'il n'y paraissait, s'interrogea François qui n'osa cependant pas lui demander son âge.

— Allez-vous peindre les jours prochains ? osa-t-il pour rallumer la flamme qu'il appréciait tant chez Philippe Gramont.

— Oh, je ne sais si j'en aurais la force. Tu sais, ma technique demande non seulement une grande inspiration mais également une grande vitalité.

— Comme j'aurais aimé vous voir peindre et comprendre votre technique.

— Tu aimes à découvrir les secrets d'artiste ? demanda Philippe d'un ton taquin.

— Oui, mais je ne saurais les divulguer, répondit François qui était heureux de retrouver une étincelle dans les yeux du vieil homme.

— Quelle heure peut-il bien être ? questionna soudainement Philippe.

— L'heure que j'installe la barrière de sécurité au bas de l'escalier, puis que je prépare le dîner, répondit Kermadec en consultant sa montre.

— Il est temps de cesser de travailler et de profiter du début de soirée. Redescendons, veux-tu ?

— Je vous suis.

Arrivé dans le salon, François admira, par-delà les grandes fenêtres, les éclats de lumière dorée qui parsemaient les troncs des arbres et le ciel zébré de nuages empourprés. Au bord du couchant, des échappées nuageuses parées de rose filaient vers l'horizon. Kermadec trouvait le domaine envoûtant et ne se lassait pas de le contempler à diverses heures du jour. Son tourment existentiel semblait se dissiper en ce lieu et il pensa alors au Dieu de Spinoza qui se révélait en un ordre harmonieux de ce qui existait. Les rayons du soleil lustraient le bois du mobilier et faisaient, par endroits, chatoyer la soie des tapis aux petits rectangles de motifs végétaux verts et rouges sur fond ivoire. Les flammes vacillantes des bougies dansaient dans les photophores de verre brisé ou de nacre morcelée, réfléchissant des dizaines de halos lumineux dans la pièce comme autant de lueurs mystérieuses.

– Je vais chercher de quoi grignoter, dit-il enfin.

– C'est gentil, François.

Lorsque le paysagiste revint, une douce musique inondait le salon de ses notes légères et gracieuses.

– Avez-vous des amis dans la région ? questionna Kermadec, tout en s'asseyant.

– Hélas, mes deux très chers amis ne sont plus, répondit l'artiste. Pénélope s'entendait très bien avec leurs épouses. Le premier est décédé avec sa femme dans un accident. Quant au second, il n'a pas supporté son divorce. Tu sais, on ne peut pas sauver quelqu'un qui ne veut pas l'être. Et toi, as-tu de la famille ?

– Ma grand-mère était le seul lien qui subsistait avec ma famille. Quand j'ai perdu ma chère Mamy, rien ne fut plus comme avant, répondit François en détournant le regard.

– Ah, l'amour d'une grand-mère ! s'exclama Philippe, un bien très précieux.

– Oh oui. Mais lorsque l'on est jeune, on tient tout pour acquis... avoua Kermadec en baissant les yeux.

– As-tu de vrais amis ?

— J'ai cru en avoir, mais j'avais tort puisqu'ils m'ont trahi. J'ai bien quelques copains, des connaissances, mais ce n'est pas la même chose.

— Proust avait eu cette formule intéressante, relata l'artiste, « *Je suis arrivé à un âge où il faut prendre parti, décider une fois pour toutes qui on veut aimer et qui on veut dédaigner, se tenir à ceux qu'on aime et, pour réparer le temps qu'on a gâché avec les autres, ne plus les quitter jusqu'à sa mort* ».

— C'est vrai que lorsqu'on est jeune, on gaspille son temps et l'on ne dit pas suffisamment aux êtres chers que nous les aimons. Ce n'est que lorsqu'ils ne sont plus là que l'on s'en rend compte. J'espère que là où ils sont, ils le savent...

— Ils le savent, très certainement. Si l'on en croit Victor Hugo : « *Aimer, c'est savoir dire je t'aime sans parler* ». Mais cela ne veut toutefois pas dire qu'il faille s'exempter de le leur exprimer de leur vivant.

La leçon a été durement apprise.

— C'est la raison de notre passage sur Terre, apprendre. Ne sois pas trop dur envers toi-même. Nous commençons, enfant, dans un égocentrisme total, puis nous nous améliorons peu à peu ; enfin, pour certains d'entre nous.

— Ma grand-mère était si humble de cœur, se dévouant toute entière au bonheur des autres, au point d'en oublier le sien.

— Peut-être était-ce là son véritable bonheur ?

— Vous avez raison. Quand je repense à son souvenir radieux lorsqu'elle m'accueillait...

— De tels êtres sont remarquables.

La musique s'étant arrêtée, l'artiste se leva pour la relancer. Se sentant soudain une faiblesse, Philippe se rattrapa à un meuble. François accourut pour le soutenir.

– Ça va, Philippe ?

– Oui, oui, merci François. J'ai juste eu un petit étourdissement. Je vais mieux à présent.

François conduisit le vieil homme jusqu'au canapé où ce dernier s'assit.

– Vous êtes fatigué. Ces longs travaux... Restez assis et, pendant ce temps, je vais placer la barrière, puis m'occuper du dîner. Je viendrai vous chercher lorsqu'il sera prêt.

– Tu es bien bon, François.

– Je relance la musique avant de passer à la cuisine.

Kermadec installa la barrière de sécurité avant de préparer avec soin un succulent dîner dans l'intention de faire plaisir à Philippe Gramont, qui lui apportait tant. François avait changé d'avis sur la province qu'il avait considérée étriquée, repliée sur elle-même, lorsqu'il était plus jeune et qu'il trouvait grotesque l'intérêt, voire l'émoi, que suscitaient de ténues nouveautés dans la monotonie de la vie des habitants, laquelle était ponctuée d'habitudes obligées et intransigeantes. Les citadins n'échappaient cependant pas à la routine qui rassurait l'être humain, et ce, où que celui-ci demeura. Les mirages de la grande ville s'étaient évanouis avec ce sentiment d'intense solitude que François y avait connu alors ; il y avait croisé nombre d'inconnus dont les visages seraient oubliés aussitôt, nombre de passants qui ne l'avaient pas salué et s'étaient même offusqués qu'il eût osé interrompre leur frénésie pour leur demander de bien vouloir l'orienter. Le fait même qu'il y ait eu, arpentant fébrilement ces rues, des individus en grand nombre qui l'ignoraient et resteraient, à jamais, des anonymes, avait renforcé ce sentiment d'isolement. Il y avait cherché partout un coin de ciel entre la grisaille des immeubles, sans que cela puisse satisfaire son goût des plaisirs de la nature et le besoin qui était sien d'espaces ouverts où se déployait la beauté des nuages fendant l'air et parcourant l'infini. Certes, les œuvres architecturales et picturales étaient nombreuses et précieuses à ses yeux, mais cela ne compensait pas l'esseulement qu'il y avait éprouvé, sentiment qu'il n'avait jamais ressenti lorsqu'il arpentait, solitaire, la nature familière. Kermadec estimait à présent les atouts de la province, la proximité des prairies et des bois, mais également l'entraide qui y était monnaie courante. Les commérages et racontages que l'on attribuait aux villages avaient également cour dans les immeubles, les rues et les quartiers des grandes cités. Les serviteurs de maisons cossues pensaient que la fortune et la notoriété du maître des lieux rejaillissaient sur eux-mêmes, comme par ricochet ; aussi dédaignaient-ils leurs semblables moins bien lotis. Les citadins, quant à eux, se drapaient aisément de la réputation d'un individu de leur lointain entourage qu'ils croyaient auréoler leur propre personne. De la même manière, de petits employés de banque n'accordaient que mépris aux clients dont les salaires équivalaient aux leurs, comme si la banque leur eut appartenue. Décidemment, la nature humaine était la même, quel que soit le lieu. Mais François avait trouvé une âme différente en la personne de Philippe Gramont, aussi appréciait-il chaque seconde en sa compagnie. Lorsqu'il revint dans le salon, l'artiste n'y était plus. Kermadec s'avança jusque dans le bureau et entendit la voix du vieil homme qui s'élevait depuis la chambre.

— Mes chéris, nous serons ensemble pour notre anniversaire. Je vous embrasse fort. Je vous aime.

François se retira à pas de loup afin de ne pas écouter plus avant cette conversation intime. L'artiste allait retrouver Pénélope et Ulysse et il en était heureux pour lui. Le vieil homme réapparut bientôt dans le salon, l'air perdu dans ses pensées.

— Ah, Philippe, vous êtes là. Le dîner est servi.

L'artiste releva la tête.

— Je te remercie, mon cher François, répondit-il. Puis, reprenant son entrain : Allons déguster le dîner du chef !

Les deux hommes apprécièrent ce repas en tête à tête où les discussions allèrent bon train. Kermadec n'avait pas à se soucier de l'impression qu'il faisait à Monsieur Gramont tant la bienveillance de ce dernier lui permettait de rester naturel. Cependant, l'admiration qu'il portait à l'artiste lui interdisait toujours d'interrompre trop fréquemment les narrations du vieil homme, lesquelles le captivaient et lui paraissaient infiniment plus intéressantes que les réflexions ou les interrogations qu'il aurait pu soulever et qui n'auraient pas manquer de briser l'éloquente inspiration de son hôte. Quelques soient les nombreux sujets abordés, la conversation avec l'artiste dérivait irrémédiablement, tôt ou tard, vers la lecture.

— Comprends-tu, François, j'ai toujours trouvé que lire les journaux étaient une perte de temps, mis à part la rubrique des arts et la lecture de revues littéraires, bien entendu, relata l'artiste. Le lendemain, tout est à recommencer et les informations que l'on y trouve ne sont dignes d'aucun intérêt à mon sens car on les oublie aussitôt et d'autres ont tôt fait de les remplacer. Ce sont des connaissances éphémères, revêtant peu de valeur. Tous ces faits quotidiens de l'activité humaine m'ont toujours paru dérisoires. Ce sont des chroniques de l'imbécilité et de la désespérance humaine qui se noient dans la superficialité des choses. Les économistes distingués se trompent tout le temps, et pourtant persévèrent dans leurs appréciations hasardeuses, tandis que ceux qui les lisent se rassurent en pensant être des gens sérieux. Je préfère, quant à moi, réserver le temps de la lecture aux livres qui divulguent des pensées profondes, essentielles, déterminantes.

— Pourquoi vous étourdiriez-vous de choses inutiles ? Vous êtes l'intelligence et la sagesse mêmes, Philippe.

— Tu es trop indulgent, François. Qui peut prétendre incarner ces deux concepts ?

Kermadec éclata de rire.

— Si ce n'est vous, alors je ne vois personne... Savez-vous, reprit-il après une courte pause, j'ai réfléchi hier sur un point. Je n'ai plus envie de paraître, ajouta le paysagiste.

— Voilà qui est très bien, je t'en félicite, répondit l'artiste. À la vingtaine, nous voulons refaire le monde et nous nous lançons dans un prosélytisme effréné pour convaincre autrui que nous détenons la vérité, et l'idée que les autres se font de nous revêt, alors, une extrême importance. À la quarantaine, nous abandonnons la propagande ainsi que l'intérêt de savoir ce que les autres peuvent bien penser de nous. Et à la cinquantaine, nous commençons à vivre pour nous, sans faire grand cas de notre personnalité sociale. Nous nous suffisons à nous-mêmes, en somme, et cela nous libère.

François hocha la tête en signe d'approbation.

— Vivement la cinquantaine ! s'écria-t-il.

— Veux-tu que nous allions au jardin ? Le ciel est dégagé et l'air embaumé, proposa Philippe.

— Avec plaisir. Je prépare deux infusions.

Le vieil homme enfila un gilet qui lui donnait un air de châtelain. Les deux amis passèrent au jardin comme l'on entre dans une autre pièce. La soirée était belle, le clair de lune était d'or et les étoiles parsemaient le firmament de leurs feux sacrés. François et Philippe discutaient, puis se taisaient pour admirer la nuit étoilée dont la profondeur réclamait des instants de tranquillité. Le hululement d'une chouette traversa le silence de la nuit. Les fleurs de tilleul agissaient tout autant que les infusions, aussi, la fatigue commença à gagner le vieil homme et le paysagiste se mit lui-même à bailler. Il était temps, pour tous les deux, de tomber dans les bras de Morphée. Avant de prendre congé, Kermadec se tourna vers son hôte.

— Philippe, les voyez-vous en ce jardin, vous aussi ?

L'artiste ne parut pas surpris de cette interrogation.

— Cher François, l'important est que TU les vois, répondit-il en esquissant un sourire mystérieux.

François médita ces paroles un instant, sans oser, toutefois, questionner son hôte plus avant, tant ses paroles résonnaient comme un point final, telle la cadence plagale d'une œuvre musicale. Il aborderait de nouveau le sujet avec lui. Après s'être remerciés mutuellement et souhaité une douce nuit, chacun regagna sa demeure, sous les éclats des rayons de lune qui répandaient leur clarté aux ailes vespérales du firmament.

# Epilogue

Le lendemain, le téléphone sonna de bonne heure chez François Kermadec. Il était encore tôt et ce dernier n'avait pas encore commencé sa journée de travail. Lorsqu'il décrocha le combiné, le paysagiste reconnut la voix de Madame Lauvec, la femme de ménage.

— Bonjour, Madame Lauvec. Comment allez- vous ? Pardon ? Que me dites-vous ? demanda François dont le visage devint blême. Oh non... Mon Dieu... Oui, oui... Je viens tout de suite.

Le paysagiste enfila une veste, se chaussa et se hâta de prendre sa voiture. Son cœur battait la chamade à lui en faire mal. Il crut qu'une brume s'était levée et qu'il s'était mis à pleuvoir ; point de brume, ni de pluie, mais ses yeux embués puis, emplis de larmes, qui rendaient la conduite difficile. Cette route, qu'il aimait tant emprunter, ne réjouissait pas son cœur ce matin-là, et les arbres qui, d'ordinaire, se faisaient une aimable révérence d'un côté et de l'autre de la route, semblaient aujourd'hui s'incliner devant son chagrin. Kermadec arriva rapidement au domaine de Beauregard. Il aperçut l'ambulancier fermer les portes de son véhicule et démarrer. Madame Lauvec se tenait là, bouleversée, un mouchoir à la main.

— Ah François, quel malheur ! s'exclama-t-elle. Un si bon Monsieur.

Le paysagiste n'avait pas la force de parler ; une vive douleur paralysait ses mâchoires, tandis qu'une autre pesait sur son plexus ; il ressentait en son abdomen une sorte de va-et-vient désagréable, comme si son âme bouleversée, se mouvait en lui.

— Au moins, il n'a pas souffert, a dit le médecin. Il est mort dans son sommeil, ajouta Madame Lauvec, en guise de consolation qui n'apportait en réalité qu'un maigre réconfort. Il n'avait même pas pris la peine de fermer ses volets...

Kermadec hocha la tête. Ainsi, tel Alphonse de Lamartine, Philippe avait rendu son dernier souffle en perdant son regard dans le firmament constellé. Il pensa immédiatement à Pénélope et à Ulysse qu'il devait prévenir.

— Que dois-je faire des clés ? demanda la femme.

— Écoutez, dit François qui tentait de reprendre ses esprits, je vais regarder dans son carnet pour voir si je peux trouver le numéro de téléphone de son épouse. Confiez-moi les clés et je fermerai tout convenablement en attendant son arrivée. C'est terrible... Nous dînions encore ensemble hier soir. Je l'avais trouvé fatigué, mais de là à... confia-t-il d'une voix étranglée. Pardonnez-moi, Madame Lauvec, je suis très affecté. C'est incroyable ce que cet homme m'a apporté en si peu de temps.

— Je comprends, Monsieur Kermadec. J'avais moi-même l'impression de le connaître depuis des années. Appelez-moi si vous aviez besoin d'aide.

— Je vous remercie.

Pour François, il était inconcevable que Philippe ne soit plus. Il errait dans la maison, ne sachant trop où regarder et refusant ce funeste sort. Puis, il se rendit dans la bibliothèque et trouva un carnet d'adresse dans le tiroir du bureau. Il le compulsa et vit, à l'onglet « C », qu'il était écrit : *Casa del amore,* ce qui le fit sourire ; en dessous, deux numéros de téléphone, dont l'un était celui de Beauregard ; le second devait correspondre à celui de leur ancien domicile. Kermadec composa donc ce dernier numéro d'une main tremblante, ne sachant comment apprendre la terrible nouvelle à son épouse, tout en la tout en ménageant. À sa grande surprise, le numéro de téléphone n'était plus attribué. Pénélope et Ulysse devaient être chez des proches ou des amis en attendant de rejoindre Philippe. Bien entendu, se dit Kermadec, ils avaient dû vendre leur ancien lieu d'habitation pour acheter Beauregard. Les services compétents sauraient les prévenir, pensa-t-il. À regret, il passa dans toutes les pièces qui donnaient sur le parc et en ferma les volets ; dans chacune d'elles, les souvenirs des instants passés auprès de Philippe resurgissaient, nombreux. François avait l'impression que l'artiste allait soudain entrer dans la pièce et lui dire, de sa voix chaleureuse au phrasé clair et précis : « Ah, mon cher François ». Kermadec ne pouvait accepter ce départ inopiné. Il n'avait même pas pu lui dire adieu... Peut-être était-ce préférable d'avoir pu passer de bons moments avec lui sans songer au pire ? Que n'avait-il pu profiter plus longtemps de cette amitié ? L'artiste lui avait-il appris tout ce qu'il y avait à savoir d'important ? Le paysagiste regrettait que le destin voulût que le vieil homme quittât ce séjour prématurément. Ainsi, Philippe Gramont avait disparu de sa vie aussi subrepticement qu'il y était entré, avec grâce, modestie et élégance. François n'osa pénétrer dans la chambre, laquelle lui apparaissait comme un sanctuaire inviolable. Cependant, il alluma quelques bougies dans les photophores du salon et alla cueillir des fleurs pour orner un vase placé à côté des bougeoirs. Il se recueillit un instant, puis quitta le domaine, non sans y jeter un dernier regard, empreint de chagrin et de nostalgie. Il y avait trouvé un havre de réconfort et une amitié remarquable, mais devait à présent abandonner ce lieu chargé d'allégresse et d'enchantement, dont l'hôte avait tant compté pour lui. Ce lieu de vie représentait le temple de l'esprit, comme le corps symbolisait le temple de l'âme. Kermadec avait déjà vécu pareil déchirement au décès de sa grand-mère et la douloureuse affliction du passé ajoutait au chagrin présent. La disparition de ces êtres chers qui furent si bons envers lui et, de surcroît, l'abandon de ces lieux témoins de leur bienveillance, le laissaient dans une profonde désespérance. François était anéanti par la superposition de ces deux chagrins et la solitude qui l'attendait au bout de l'allée de peupliers, lorsqu'il aurait passé le grand portail et que sa vie d'avant reprendrait, morne, morose, monotone et désabusée. Il déplora, enfin, que Philippe n'ait pu profiter de tous les tableaux vivants que les saisons offriraient en ce domaine.

Deux tristes jours plus tard, un homme se présenta chez François Kermadec. Il devait lui remettre en main propre un courrier. Après avoir signé le reçu, François s'assit à son bureau afin de décacheter l'enveloppe et de lire ce qu'elle contenait :

*Cher François,*

*Quand vous lirez cette lettre, je ne serai plus de ce monde. Je tenais à vous remercier chaleureusement, non seulement du travail merveilleux que vous avez accompli au domaine de Beauregard, mais également de votre présence, laquelle aura accompagné mes dernières semaines avec tant de gentillesse, de délicatesse et de sensibilité. Cela m'a beaucoup touché. Aussi, pour vous témoigner ma reconnaissance, j'ai fait un legs avec substitution en votre faveur auprès de Me Raymond Duval. Beauregard est désormais à vous, du moins jusqu'à votre mort. La propriété sera ensuite léguée à la Fondation pour les Animaux dont mon épouse et moi-même étions membres. Ne m'en voulez pas, mais Pénélope et moi-même y tenions vraiment. Cela avait été notre première volonté mais, au fil des dernières semaines, il m'est apparu que vous méritiez de profiter du fruit de vos efforts. J'ai pu remarquer à quel point vous vous étiez attaché au domaine et je sais que vous en prendrez soin avec cœur. Ce lieu sera pour vous un nouveau départ que j'espère, sincèrement, heureux.*

*Je vous dois cependant quelques explications. Pénélope et Ulysse partirent vers la lumière la même nuit. Lorsque je vis Sirius, l'étoile du chien, briller intensément dans le firmament cette même nuit, alors que j'avais allumé quelques bougies pour mes âmes sœurs, je sus à cet instant qu'elles m'attendaient. Vous vous demandez certainement pourquoi je ne vous ai pas fait part de cela plus tôt. Je ne pouvais me résoudre à parler d'eux au passé, d'autant que, pour moi, ils étaient toujours à mes côtés et regardaient notre rêve prendre forme. Pénélope et Ulysse étaient tombés amoureux de cette propriété lorsque nous l'avions visitée ensemble. Ulysse affectionnait tout particulièrement le petit jardin. Nous en avons donc fait l'acquisition. Nous en profitâmes lors de séjours destinés à vérifier l'avancée des travaux. Hélas, mes âmes sœurs partirent dans la lumière éternelle avant de voir ces derniers finalisés. L'idée de revendre le domaine m'a effleuré l'espace d'un instant, mais j'y ai renoncé car Pénélope aurait voulu que j'aille au bout de nos rêves. Voilà pourquoi j'ai poursuivi ce projet, un peu malgré moi, jusqu'à ce que mes forces s'épuisent et que le désir d'aller les retrouver finisse par l'emporter, le jour où tout fût enfin prêt à accueillir nos cendres mêlées. Je me savais malade et condamné depuis ce deuil. Je n'ai pas voulu prolonger ce séjour seul, mais je devais tenir jusqu'à ce que la dernière touche eût été apportée. J'ai pensé, en outre, que ce lieu serait idéal pour y laisser les restes de notre passage en ce monde. Certains pensent que nous évoluons, au-delà, dans un lieu qui serait la copie conforme de celui qui eut notre préférence sur Terre. Grâce à vous, notre éternité sera merveilleuse.*

*Ma dernière requête serait que vous mêliez nos cendres respectives dans la grande urne que vous trouverez dans la chambre et que vous l'enterreriez à l'ombre de Victor, le vieux châtaignier. Toutes les autorisations et dispositions ont été prises à cet égard.*

*J'espère que vous trouverez enfin l'amour et la paix en ce domaine auquel vous avez apporté tant de beauté. Soyez certain que je vous en serai éternellement reconnaissant. Nous serons désormais pour vous des hôtes silencieux. Si je peux vous apporter quelque aide, de là où je serai, croyez bien que je le ferai volontiers.*

*Avec mes plus chaleureux remerciements et ma profonde amitié.*

*Philippe*

*PS : N'oubliez pas : mourir, c'est renaître.*

Une larme vint mouiller le bas de la lettre écrite de la main de Philippe Gramont, dont la calligraphie révélait qu'elle était celle d'un artiste. François fut pris tout à la fois d'une immense tristesse et d'une gratitude infinie. Philippe lui léguait donc Beauregard... Lui aurait-il apporté une chose de suffisamment estimable pour qu'il ait pu avoir un geste aussi généreux à son égard ? Lui qui pensait avoir été le seul à bénéficier de leurs échanges... Il comprenait, à présent, combien Monsieur Gramont l'appréciait. Si tel était le cas, il devrait donc avoir de la considération envers lui-même. Était-ce là un dernier enseignement que lui prodiguait l'artiste ? Perdu en ce monologue intérieur jalonné de nombreuses interrogations, le paysagiste décida de prendre sa journée ; de toute évidence, il n'aurait pas été en état de travailler. Il revisita mentalement les échanges avec le vieil homme d'un point de vue différent puisqu'il avait appris que Pénélope et Ulysse s'en étaient allés avant l'artiste. Certaines paroles de Philippe revenaient en son esprit et prenaient, à présent, tout leur sens. Comment avait-il pu ne pas comprendre la situation ? Kermadec se représentait un phénomène nouveau dans sa récurrence : il se formulait à présent ce qu'il ressentait. De la même manière, il comprit que ce n'était pas un manque de personnalité mais plutôt la pudeur de ne pouvoir afficher cette dernière qui l'avait retenu durant de nombreuses années ; il avait, ainsi, vécu en cet état où le manque d'audace l'avait contraint. Ce n'était guère que chez sa grand-mère qu'il ne s'était jamais autorisé à être lui-même et à s'exprimer librement. En renonçant trop souvent à son caractère propre, il avait perverti son esprit. Mais qu'importe, puisque son âme était son moi véritable, pensa-t-il enfin. François considéra longuement la question du temps, auquel les pauvres mortels sont toujours assujettis, de la naissance à la mort. Le temps de l'attente qui n'en finit pas et dont on voudrait qu'il passât plus vite ; le temps qui s'enfuit quand on voudrait le retenir ; le temps qui sépare, le temps qui rapproche ; le temps qui détruit, le temps qui guérit ; le temps des séparations, le temps des retrouvailles ; le temps du malheur, le temps du bonheur. Kermadec ressentit alors une certaine aversion pour la ténacité des choses face à la fragilité des êtres. Toutefois, les sages paroles de Philippe revinrent en sa mémoire et François savait qu'il devrait se départir de cette sombre étreinte temporelle pour goûter des instants hors du temps.

Les jours qui suivirent furent empreints d'une profonde tristesse ; non pas celle à laquelle Kermadec s'était habitué, mais plutôt cette affliction qui nous accable et ne tolère aucune consolation, cette souffrance de l'âme qui pèse sans répit sur notre cœur. Ainsi, ceux qui nous ont donné tant d'amour et de joie sont ceux qui nous lèguent le plus grand chagrin qui soit lorsqu'ils s'en vont. Philippe aurait toutefois rectifié cette pensée en soulignant le fait qu'ils ne nous quittent jamais vraiment. Ils sont à nos côtés, mais seulement, autrement. Comme l'artiste avait dû souffrir lorsque Pénélope et Ulysse s'en étaient allés, pensa-t-il. Kermadec se remémora également les paroles du vieil homme sur ses amis disparus. Arrivé à un certain âge, la vie se tait davantage autour de soi, comme l'avait écrit si élégamment Marcel Proust. Pourtant, en sa présence, l'artiste semblait faire peu de cas de sa personne, s'intéressant avec générosité à son jeune ami et tentant de le guider et d'en apaiser les souffrances.

François portait le deuil d'un mentor et, pour ainsi dire, d'un père. Une sobre cérémonie se tint et Kermadec recueillit, avec une émotion empreinte de fierté, l'urne contenant les cendres de Philippe. Il devait à présent s'acquitter des dernières volontés de son ami. Il décida donc de retourner à Beauregard, malgré quelques appréhensions. Lorsqu'il était revenu dans la maison de sa grand-mère, des années après son décès, ces lieux familiers, privés de la présence de son aïeule, avaient foudroyé son cœur, si bien qu'il s'en était finalement détourné. Philippe n'eut pas souhaité que ce lieu devint source de chagrin, présuma François qui fut heureux de s'apercevoir, en y arrivant, que ce domaine lui réchauffait toujours autant le cœur, même si l'absence de l'artiste était partout. Le besoin d'enracinement accompagnait la nécessité de trouver équilibre et harmonie. Kermadec avait découvert le lieu propice à son épanouissement et savait, désormais, qu'il pourrait y vivre à propos. Il ouvrit alors les volets et erra dans le salon, puis dans la bibliothèque où il trouva le précieux carnet où le vieil homme avait noté quelques citations notables. Les connaissances de Philippe Gramont s'en étaient allées avec lui, ne laissant traces de son érudition que par les livres garnissant sa bibliothèque. De même, il avait emporté son talent avec, pour seuls témoignages, les tableaux qu'il avait peints. Sa bonté et son amour s'étaient également envolés auprès des âmes qu'il chérissait plus que tout, son legs et son héritage pour uniques témoins en ce monde. L'urne dans les mains, François se résolut enfin à pénétrer dans la chambre de celui qui fut son hôte, comme s'il s'était agi d'un mausolée. Il y jeta un rapide coup d'œil qui lui permit de constater que la teinte vieux rose prévalait en cette pièce où régnait une atmosphère de boudoir. Une jolie coiffeuse ancienne trônait dans l'angle, près de la fenêtre. Le plafonnier, de style florentin, était orné d'entrelacs aux motifs de feuillage dorés à l'or fin se terminant par de petits cristaux facettés, tandis que les deux lampes de chevet reprenaient le même style végétal. Toutefois, Kermadec ne s'attarda pas à observer les détails plus avant puisqu'il était là pour accomplir un dessein bien précis. Il aperçut rapidement une console sur laquelle était posée une grande urne et, à ses côtés, deux autres, de plus petites tailles. Avec grande émotion, François mêla les cendres des trois âmes sœurs dans la grande urne prévue à cet effet. Puis, selon les dernières volontés de l'artiste, il alla l'enterrer aux pieds de Victor, le vieux châtaignier, et s'y recueillit de longues minutes.

Quelques temps plus tard, Les actes notariés signés, François s'installa dans la maison de Beauregard. Le solstice passé, l'été s'était installé. Dans les prairies, les sommités empourprées des hautes herbes ondulaient sous la brise tiède. Les floraisons estivales offraient un renouveau au jardin comme au parc où régnait l'effervescence de la nature. Les oiseaux chantaient et les insectes herborisaient à loisir, tandis que les grillons champêtres chantaient leur aise à tue-tête. Les châtaigniers arboraient à présent, au bout de leurs rameaux, des chatons mâles composés de petites fleurs d'un blanc jaunâtre ; la nuit venue, ces grands arbres semblaient parés de bouquets de fleurs dont la teinte claire se détachait de l'obscurité qui ensevelissait le feuillage dans son ombre. Kermadec observa que Philippe Gramont s'en était allé avant que la lumière ne décroisse chaque jour un peu plus, comme s'il n'avait pas souhaité être témoin du déclin progressif de celle-ci. Cela lui ressemblait bien, lui qui avait été un être solaire. Puis il se souvint que l'artiste avait mentionné un anniversaire lors d'une conversation avec sa famille. François avait alors pensé qu'il était au téléphone. Il se représentait, à présent, qu'il n'en était rien : Philippe parlait aux âmes d'Ulysse et Pénélope. Kermadec constata amèrement que les livres de Philippe Gramont, qui semblaient animés lorsque ce dernier était de ce monde, n'étaient plus que des objets inertes, réduits à leur seule qualité matérielle. Le vieil homme avait, à l'instar de sa chère grand-mère, cette aptitude à donner vie à tout ce qui l'entourait ; il habitait de son âme chaque objet, chaque recoin. Aujourd'hui, la maison semblait en deuil. Il n'y avait guère que les tableaux de l'artiste qui n'avaient pas perdu de leur superbe et continuaient de flamboyer. Comme lors du décès de son aïeule, venaient à l'esprit de François tant de questions qu'il eut aimé poser. Les détails que nous n'avions pas pris la peine de vouloir porter à notre connaissance à notre jeune âge, nous apparaissent comme des mystères que nous souhaiterions voir élucider lorsqu'il est trop tard. Cet intérêt soudain ne saurait être apaisé car la mémoire avait disparue avec ceux qui s'en étaient allés et les interrogations resteraient sans réponse. Puis, se ressaisissant, Kermadec pensa que Philippe ne lui avait pas légué ce lieu pour se morfondre mais, au contraire, pour le faire vivre. Il considéra avec émotion, sans toutefois oser trop s'y attarder, les albums de photographies dont les clichés étaient empreints d'amour, de tendresse et de joie, après quoi il tomba sur les carnets de poésie de Pénélope, où les vers, d'une grande fraîcheur, étaient porteurs d'une douce féminité. Puis, il passa de pièce en pièce, de vitrine en vitrine, lorsque son regard fut soudain attiré par un beau coquillage. Kermadec porta la volute à son oreille et goûta au bruit rose de la conque. Il fut alors transporté par le murmure infini de l'océan. Par extraordinaire, ce dernier se mua bientôt en une sorte de bruissement. François crut alors entendre le vent dans les arbres, puis, comme un souffle, un chuchotement et, enfin, une voix. Son visage s'illumina soudain. Il posa alors le coquillage et partit précipitamment de la maison.

Le lendemain, le paysagiste se recueillait à l'ombre du châtaignier où il avait déposé un bouquet de fleurs séchées. À ses côtés, un adorable Shih Tzu blanc et doré gambadait gentiment. Soudain, Kermadec aperçut un papillon jaune qui dansait au-dessus de lui. Il se retourna en le suivant des yeux et vit alors deux papillons blancs voleter autour du petit chien. Ce dernier, curieux, observait ces visiteurs qui le frôlèrent à plusieurs reprises avant de s'éloigner. François regarda le ciel un moment et sourit, comme apaisé.

— Viens Luna, rentrons à la maison, dit-il enfin en s'adressant à la petite Shih Tzu qui lui emboîta le pas, pour son plus grand bonheur.

À mi-chemin, la petite chienne demanda à être portée, aussi François la prit-il tendrement dans ses bras et l'embrassa. Kermadec était à présent pleinement heureux, fort de l'enseignement qu'il avait reçu de Philippe pour lequel il éprouvait une infinie gratitude. Il était sur la voie.

Il commençait enfin sa vie, une existence qui avait de la valeur puisqu'il aimait et était aimé. Voltaire avait raison de dire « *L'oreille est le chemin du cœur* », pensa-t-il. Ce jour où, ayant porté la conque à son oreille, il avait entendu la voix de Philippe lui murmurer inlassablement un dernier message, son destin fut scellé : « *Partout où il y a un malheureux, Dieu envoie un chien* ». François adopta sans tarder sa petite princesse qu'il baptisa Luna, en hommage à l'astre de la nuit qui avait touché son âme ce soir-là, sur la plage. Du jour où cet ange entra dans son existence, le bonheur vint à lui. Il avait trouvé une âme sœur. Il était à présent certain qu'une autre se présenterait à eux et qu'ils formeraient bientôt la plus belle famille qui soit.

Cette année-là, Victor donna plus de châtaignes qu'à l'accoutumée.

FIN

# Table des matières

Dépôt légal août 2025

Librinova

www.librinova.com

Achevé d'imprimer chez SoBook le 17-09-2025
Linselles - France

Nos papiers sont issus de forêts gérées durablement

N° impression : 989 496